VON EINEM, DER AUSZOG EINEN BERUF ZU ERLERNE

Oder wie der Geist zu sich findet

EINE ERZÄHLUNG VON

CHRISTOPH BREYMANN

Impressum:

Titel: „Von einem, der Auszog einen Beruf zu erlernen"
Autor: Christoph Breymann
Erscheinungsjahr: 2014, Ort: Norderstedt bei Hamburg
Herstellung und Verlag:
BoD - Books on Demand, Norderstedt
ISBN 978-3-7357-8278-6

Das Werk, einschließlich seiner Teile, ist urheberrechtlich geschützt. Jede Vervielfältigung ist ohne Zustimmung des Verlages und Autors unzulässig. Dies gilt insbesondere für die elektronische oder sonstige Vervielfältigung, Übersetzung, Verbreitung und öffentliche Zugänglichmachung.

Bibliografische Information der Deutschen Nationalbibliothek: Die Deutsche Nationalbibliothek verzeichnet diese Publikation in der Deutschen Nationalbibliografie; detaillierte bibliografische Daten sind im Internet über http://dnb.d-nb.de abrufbar.

Dieses ist eine frei erfundene Geschichte. Eventuelle Ähnlichkeiten mit lebenden Personen sind unbeabsichtigt und rein zufällig.

INHALTSVERZEICHNIS SEITE:

Morgendämmerung	*1*
Wir sind immer auf dem Wege	*6*
Von schwarzen Häkchen und wandelnden Säulen	*14*
Vorboten	*21*
Ein Wolkenbruch	*27*
Der Entschluss	*39*
Sommerfrische	*46*
Die Gerechten	*54*
In der Schmiede	*68*
Der Zweifel	*76*
Heureka	*84*
Ad radices	*86*
Frühlingserwachen	*96*
Meister Pangloss herrscht	*105*
Der Geheimbund	*115*
Im Lande Eldorado	*120*

Exodus *136*

Gestern, morgen, heute *158*

Dieses Buch ist allem, was da kreucht und fleucht gewidmet.

Morgendämmerung

Es war ein seltsam Ding wie es mit dem Wohlgemut ging. Unser Wohlgemut war neunzehnmal durch den Verlauf der Jahreszeiten geschritten. Heute blühte und duftete die Pflanzenwelt der norddeutschen Tiefebene ihm üppiger und prachtvoller als je zuvor, denn es lagen dreizehn lange Jahre der Ausbildung seiner Fertigkeiten und Schwächen hinter ihm; ja, seine Schwächen waren dabei auch zu Tage getreten. Vor ihm lag eine bunte, unbekannte Zukunft mit jeglicher Possibilität. Er saß an einer Biegung des Flusses, den er schon, seit er denken konnte, kannte, auf einem großen grauen Findling, der so vielfarbig schillerte wie sich seine Phantasie das zu erwartende Leben entrollte. Die Geistes- und Vorstellungskräfte waren noch besonders angespannt, da er die Geschichte „Von einem, der auszog das Fürchten zu lernen" gelesen hatte. Das kleine Büchlein, welches er jüngst auf dem Speicher des elterlichen Hauses gefunden hatte, hielt er nachdenklich in der Hand. Er musste unwillkürlich an ein anderes Buch denken, das er vor einigen Jahren gelesen hatte. Es hieß „Candide" und hatte ihn an seiner Seele gerührt. Er ahnte noch nicht, welche Bedeutung diese beiden kleinen Bücher für sein weiteres Leben haben sollten.

2

Nun, da ein frischer Nordwind die literarischen Flausen aus seinem Gemüt vertrieben hatte, ging er an dem Fluss entlang zu dem Hause seiner Eltern, das weder bescheiden noch stattlich war; es war aber statthaft, da es seine Eltern, die rechtschaffene Leute waren, ehrlich und mit etwas Glück sowie Geschick verdient und erworben hatten, obwohl sie mit wenig begonnen und nichts von ihren Eltern geerbt hatten. Wohlgemut hatte seine Eltern in allen Dingen, auch bei dem Kauf und der Instandsetzung des einstmals heruntergekommenen Hauses unterstützt, soweit es nach seinen Jahren möglich war. Nun befand er sich wieder auf dem Speicher des Hauses und betrachtete den Dachstuhl, den er selber abgerissen hatte, und welchen seine Eltern wieder aufbauen ließen. Bei dem Abriss hatte er sogar den Hausbock liebgewonnen, denn er war es, der alle anderen Kaufinteressenten abgehalten und seinen Eltern den Kauf ermöglicht hatte. Wohlgemut schätzte aber nicht nur den Hausbock, sondern auch den Nordwind, der ihm die Flausen ausblies und die Bäume, die ihm neue Gedanken durch ihr Rauschen einhauchten. Weil die Eltern wussten, dass ihr Sohn an dem Hause hing und dass es gewissermaßen einem Schädling, der zum Nützling wurde, zu verdanken ist, schenkten sie Wohlgemut einen Ring, in den ein Holzkäfer eingraviert war. Nun aber suchte der Beschenkte das andere der beiden Bücher, die er gelesen hatte, denn es ging ihm der Satz „Was ein Häkchen werden will, das muss sich bei Zeiten krümmen" nicht aus dem Kopf und er wusste nicht, ob nicht auch im „Candide" etwas Ähnliches geschrieben stünde. Er durchsuchte alle Winkel und Ecken, konnte aber das Büchlein nicht finden; da erinnerte er sich der Worte seines Literaturlehrers, der gesagt hatte, man solle dem geschrieben Wort nicht allzu viel Respekt zollen, also entschloss er sich, die Suche aufzugeben und dem Rufe seines Vaters, welchen er in diesem Moment vernahm, sofort zu folgen und ihn in seinem Arbeitszimmer aufzusuchen.

Der Vater saß in seinem Ohrensessel und blickte durch die bunten Bleiglasscheiben in den Garten auf einen jungen Baum, der sich anschickte, seine Knospen zu Blüten werden zu lassen. Als er Wohlgemut eintreten hörte, drehte er sich der Eichenholztür zu und sprach folgende Worte zu seinem Sohn:

„Wohlan denn, das Frühjahr zieht in das Land und die Burschen aus den Dörfern ziehen in die Städte oder machen sich auf zu Werkstätten und Gehöften, damit sie etwas lernten, von dem sie werden leben können. Nun ist es auch für Dich an der Zeit etwas zu lernen, wovon Du wirst leben können. Es steht Dir jeder Weg offen; Deine Eltern haben etwas zusammengespart, das es Dir ermöglichen wird, die Ausbildungs- und Wanderjahre zu bestreiten und das Lehrgeld zu bezahlen. Du darfst eine Ausbildung wählen."

Wohlgemut blickte stumm auf den gehobelten Dielenboden, da er nicht wusste, was er antworten sollte; einerseits dachte er an die üppigen und ungeordneten Phantasien, die er auf dem Stein an der Flussbiegung gehabt hatte, andererseits traf ihn das Ansinnen des Vaters doch überraschend, denn sich von den Eltern, Haus und Hof trennen zu müssen, daran hatte er nie gedacht.

Am nächsten Morgen, nach einer traumlosen und unruhigen Nacht, hatte Wohlgemut den Entschluss gefasst, die schönen Künste in Gestalt der Rhetorik, Literatur und Philosophie zu studieren. Zu später Stunde waren in ihm die Bilder der Literatur- und Philosophiestunden in der Lateinschule vor das geistige Auge getreten und er erinnerte sich der zeitlosen Dichterfürsten von denen er gehört und in welchen er gelesen hatte. Diese Fürsten des geschriebenen Wortes konnten sich, so meinte er, Königen und Kaisern gleichstellen und hatten diese, so wusste er, auch schon zu Fall gebracht mit treffender Feder. Der Hang zum Philosophieren schien ihm eingeboren, denn er fragte stets nach dem „Dahinter" der Dinge, die ihn umgaben, und sein Gewissen fragte ihn stets nach dem „Warum?" seiner Taten, die sein Leben ausmachten. So befand er sich häufig vor Gericht, vor dem unbekannten Gerichtshofe seines Gewissens –oder des Gewissens-

dieses war eine für ihn wichtige aber ungeklärte, vielleicht unklärbare Frage, über welche er oft nachsann; in dem unbekannten Gerichtshof war das Gewissen Ankläger, Verteidiger und Richter zugleich. Bei Kant hatte er schon von diesem „inneren Gerichtshof" gelesen, er fragte sich nur, ob es ihn tatsächlich gäbe. Wie das Verfahren zuging, wusste er nicht, er wusste aber, dass es so ist. Er wusste jedoch nicht, ob der Gerichtshof in ihm oder außerhalb seines Selbst war, deshalb ward es für ihn der unbekannte Gerichtshof. Da jedes Gericht seinen Sitz hatte, so hoffte er, eines Tages den Ort des Gewissens erkennen zu können, auch diesen hoffte er auf der Wanderschaft zu einem Broterwerb zu finden.

Wenn es so war, dass die Taten eines Menschen sein Leben ausmachten, so wollte Wohlgemut jetzt handeln und in die große Stadt im Norden fahren, um seinen Plan, die schönen Künste zu studieren, in die Tat umzusetzen. Die Eltern saßen im Esszimmer, das von einem aufflammenden Kaminfeuer in der Frühjahrsmorgenfrische erwärmt wurde, bei Roggenbrot und Tee. Sie hörten mit Wohlgefallen aber nicht ohne Sorge den Entschluss ihres Sohnes, denn sie wussten um die Gefahren, die in einer großen und schnelllebigen Stadt für einen Landmenschen bereitgestellt waren von Zeitgenossen, die es weniger gut mit ihren Mitmenschen meinten, als die Bewohner eines kleinen Dorfes an einem reinen Fluss untereinander.

6

Wir sind immer auf dem Wege

Der Abschied war nicht eben leicht gefallen. Unser Studiosus saß in einer alten Postkutsche mit schlechter Federung, die vom Nachbardorf in die große Stadt fuhr. Auf unebenem Wege ging es vorbei an dunklen Wäldern, in denen die Fichten ihr Lied im Wind spielten, es ging vorbei an saftigen Wiesen mit kleinen Weihern, in denen die Unken musizierten. Der Reisende musste unwillkürlich an den Satz aus dem Volksmärchen, „Was ein Häkchen werden will, das muss sich bei Zeiten krümmen" denken, denn er krümmte sich in der Postkutsche zwischen einem übel riechenden Postsack, der nass geworden sein musste, einem Landarbeiter und einem gut gekleideten Herren, der ein Kaufmann sein konnte. Er musste auch an Candide denken, der das väterliche Schloss verlassen musste und in die weite Welt gezogen war. Er dachte bei sich, wenn es nur so wäre wie Meister Pangloss lehrte, dass die Welt, in der wir lebten, die am besten eingerichtete sei, die man sich denken könne. Ja wenn dieses so wäre, hätte er nichts zu fürchten bei seiner Fahrt in die weite und bunte Welt. Vergessen waren die mahnenden Worte der Eltern, aber das kleine Dorf an dem reinen Fluss mit dem Nordwind und den singenden Zikaden, das war nicht vergessen, daran gemahnte ihn auch der Ring mit dem Holzkäfer.

In einem Gespräch stellte sich heraus, dass der gut gekleidete Herr nicht im eigentlichen Sinne Kaufmann war, denn er verkaufte Bücher und kam von einer Erlösungsreise wie er es nannte. So waren in dem übel riechenden Sack auch keine Briefe, sondern altehrwürdige Folianten, die in ländlichen Gutshäusern und Schlössern ein kümmerliches Dasein gefristet hatten, von dem der Buchhändler sie durch Aufarbeitung und Ausstellung befreien wollte. Das hatte für Wohlgemut nichts mit der merkantilen Welt eines profanen Kaufmannes zu tun. Nein, ein Buchhändler, das war jemand, der Zugang zu den unterschiedlichsten Geistern gegenwärtiger und vergangener Zeiten hat, so ein Mensch war unbedingt zu achten und vom kaufmännischen Getriebe zu unterscheiden. Der Buchhändler sagte:

„Wenn Sie die schönen Künste studieren wollen, müssen Sie unbedingt unseren Leibniz lesen. Er ist ein Universalgenie und begreift das Erdenrund nicht nur von einer Seite. In dem großen Sack da müsste auch ein Werk von ihm liegen, wenn ich es finde, werde ich es Ihnen schenken."

Der Buchhändler öffnete den dunklen Leinenbeutel und kramte eine Weile unter unverständlichen Äußerungen darin, bis er „Heureka!" rief und dem erstaunten Wohlgemut ein in braunes Leder eingebundenes Buch übergab. Dieweil war die Postkutsche in den Außenbezirk der großen Stadt eingedrungen, wo ihr offizieller Ankunftspunkt bei einem schrägen Wirtshaus mit Relaisstation lag. Der Landarbeiter verabschiedete sich so wortlos wie er die ganze Fahrt ohne Worte zugebracht hatte; dem Schenkenden half unser Studiosus beim Ausladen des Bücherschatzes und verabschiedete sich unter Danksagungen für den Pandeckten. Der Buchhändler kehrte in dem Wirtshaus ein, Wohlgemut war es nach der langen Kutschfahrt nach Wandern zu Mut, so wie er auch zu Hause oft am Fluss entlang gewandert war. Also nahm er seinen Tornister und schritt auf Schusters Rappen immer tiefer in die große Stadt hinein. Zuerst geleiteten ihn kleine Holzhäuschen mit schiefen Dächern und bellenden Hunden. Dann nahm das Hundegebell ab und die Wände aus Stein nahmen zu und wurden immer höher. Da er sich nicht im Klaren war, wohin er sich wenden sollte, beschloss er, der größten und breitesten Straße, die er finden konnte, immer weiter zu folgen, bis er etwas fände, das ihn zum Bleiben verleiten würde. Was dieses „Etwas" sein könnte, konnte er sich noch nicht vorstellen, aber er war der festen Meinung, dass es ihm unbedingt in dieser Stadt begegnen müsse, denn es war ihm der freundliche Buchhändler mit dem unerwarteten Geschenk begegnet, als er auf dem Wege in diese Stadt gewesen war. Unter solchen Gedanken marschierte Wohlgemut etwa ein Stündchen, als ihn plötzlich von hinten eine breite Hand schwer an der Schulter fasste. Als sich der so Bedachte erschrocken umwendete, erkannte er sogleich den Landarbeiter aus der Postkutsche, dieser sagte:

„Verzeiht, dass ich Euch einen Schrecken bereitete, doch ich bin froh, Euch eingeholt zu haben und wollte nicht, dass mir der Fang wieder entgeht." Darauf Wohlgemut:

„Ei, was seid Ihr nur für ein seltsamer Landarbeiter, fahrt im frühen Jahr, wenn es das Feld zu bestellen gilt, in die Stadt und schleicht mir hinterdrein, sagt, was hat es damit auf sich?"

„Warum ich in der Stadt bin, das kann ich Euch sagen. Den letzten Monat versuchte ich vergebens eine Arbeit auf dem Felde zu finden, denn auf dem anderen Feld war ich im letzten Krieg Hilfskanonier und trage davon noch einen Kartätschensplitter in der rechten Schulter, sodass ich nicht mehr so flink arbeiten kann wie die anderen Knechte und Tagelöhner. Die Stadt kenne ich aus besseren Zeiten. Als ich auf dem Lande noch arbeiten konnte, so gut wie ein jeder, da ward ich im Frühjahr, Sommer, Herbst draußen bei den Bauern und Gutsherren, im Winter zog ich in die große Stadt, um die Kälte besser zu überstehen und ein wenig Abwechslung zu haben.

Nun komme ich schon jetzt in die Stadt, da mich kein Grundbesitzer mit der kaputten Schulter mehr haben will. Ich hörte Euer Gespräch mit dem Buchhändler in der Kutsche, daher weiß ich, dass Ihr die schönen Künste studieren wollt. Da dachte ich mir, ich zeige Euch die Stadt und zum Wohnen wär´s zu zweien auch einfacher, was haltet Ihr davon?"

Der Gefragte schlug ein und eh er sich´s versah war er in einem Stübchen in der ersten Etage mit zwei Zimmern und Blick auf einen Birnenbaum, der blühte. Der Landarbeiter erschien mit zwei Bechern Milch bei seinem Gefährten an dem Tisch und begann, von der großen Stadt zu erzählen. Sie sei eine stolze Stadt, stolz, frei von dem Richterspruch des Kaisers zu sein, denn in ihr herrschten und richteten die Bürger selber mit ihren Beamten und hoheitlichen Ämtern, über denen allen als ehernes Gesetz die bürgerlichen Tugenden stünden. Diese hätten sie als allegorische Figuren auch auf dem zentralen Platz ihrer Stadt aufgestellt. Jeder Amtsträger, jeder Richter und Beamte müsste auf diese Tugenden schwören, so wären sie auch vor den bürgerlichen Gerichten einklagbar, denn sie dürften in dieser Stadt von niemandem verletzt werden, so sähe es das Gesetz vor und über die Einhaltung des Gesetzes wache der oberste Gerichtshof dieser Stadt.

Als Wohlgemut von dem Gericht hörte, dachte er an seinen unbekannten Gerichtshof. Er fragte sich, ob dieser Stadtgerichtshof wohl sein Gerichtshof sein könnte. So fragte er den Landarbeiter nach dem Sitz des obersten Stadtgerichtshofs und beschloss, gleich morgen, nachdem er sich bei der Universität immatrikuliert hatte, dort hin zu gehen, um ihn zu untersuchen, ob sich Ähnlichkeiten zu seinem unbekannten Gerichtshof ergäben.

In dem alten Federbett hatte sich die Nacht in Erwartung des neuen Lebens kaum überstehen lassen. Da hier kein Hahn krähte wie daheim auf dem Lande und die Sonne noch recht spät aufging, konnte der Schlechtschläfer, dem die Uhr entzwei gegangen war, beim Aufwachen nicht sagen wie spät es denn nun eigentlich sei. Da ihm aber nach Aufstehen war, kleidete er sich nach einer Wäsche mit kaltem Wasser aus einer Blechschüssel an und verließ das Haus ohne ein Frühstück und ohne nach seinem Mitbewohner zu sehen. Es war noch dunkel auf den Straßen, aber nicht so finster wie in seinem Dorfe, denn hier brannten in den Häusern schon allerlei Lichter von Leuten, die mit ihrer Arbeit die Stadt am Leben hielten. Unser Frühaufsteher beschloss, zuerst zu dem Gerichtsplatz zu gehen, denn die Universität hatte unmöglich so früh am Morgen für Fremdlinge ihre Pforten geöffnet. Der Gerichtsplatz sollte sich im Zentrum der Stadt befinden, auf das die Straßen sternförmig zuliefen, also hatte er nur einer größeren

Straße zu folgen, um sein Ziel in der nun anbrechenden Dämmerung zu erreichen. Er schritt munter aus, ohne sich nach Gassenjungen und Unrat auf den Straßen umzusehen, er sah auch nicht die Bettler in den Eingangsnischen der Häuser, welche sich nach etwas Wärme und Brot sehnten; er sehnte sich nach dem Gerichtshof, der sein Gerichtshof sein könnte. Wohlgemut hatte kein Empfinden davon, wie lange er gegangen sein mochte, als ihn ein heller Sonnenstrahl traf, der durch einen Wolkenspalt sowie eine gegenüberliegende Straßenschlucht auf einen großen Platz fiel. Dieses musste er sein, der Platz wo der Tugend gemäß Gerechtigkeit gesprochen wurde, dort mochten sich die freien Bürger der freien Stadt versammeln, um die Urteile, die in ihrem Namen ergingen, zu hören. Aber konnte hier wirklich der Sitz des Gewissens sein? Jener Instanz, die er kannte und vernahm, bevor er diese Stadt jemals betreten hatte. Das Gewissen hatte ihn ereilt, einerlei in welchem Winkel des Dorfes und des umliegenden Landes er sich aufgehalten hatte, nun sollte es in der Stadt zu finden sein und es sollte ihn schon vorher von hier aus gefunden haben? Der Zweifler ging auf den Platz und wurde überlebensgroßer Statuen gewahr. Dieses waren unzweifelhaft die bürgerlichen Tugenden, von denen der Landarbeiter gesprochen hatte. Die Statuen umringten den zentralen Brunnen des Platzes und standen so gerade und aufrecht wie Tempelsäulen.

Die Inschriften der behauenen Steine verrieten den Bildhauer, aber nicht den Gehalt des Dargestellten, die Statuen konnten sich nur selber offenbaren. Der Steinmetz war dem Namen nach ein italienischer Künstler, daraus schloss der Betrachter, dass die Bewohner der Stadt keine Kosten gescheut hatten, ihr ehernes Gesetz in Stein hauen und über die Alpen transportieren zu lassen. Wohlgemut konnte den Fleiß, die Bescheidenheit, die Ehrlichkeit, die Gerechtigkeit und die Reinheit erkennen. Bei der letzten Figur schien ihm eine Träne über die Wange zu laufen, doch als er auch auf seinem Gesicht Feuchtigkeit spürte, wusste er, dass diese Träne ihren Ursprung wohl in dem Gewölk über ihm hatte, denn es hatte begonnen leicht zu regnen. Nachdem der zunächst Getäuschte die fünf Tugenden zweimal umrundet und eingehend betrachtet hatte, wendete er sich dem Gerichtsgebäude zu, welches an der Nordseite des Platzes seine Tore zu öffnen begann.

Der Einlasssuchende musste an einem Tor stehen bleiben, denn ein Wachmann forderte ihn nachdrücklich mit blecherner Stimme, als wäre er ein Soldat aus Zinn, im Befehlston dazu auf. So klang die Stimme seines Gewissens nicht dachte unser Stadtneuling und erklärte sich und sein Verlangen brav dem Wachmann, der ihn murrend passieren ließ, denn schaulustige Besucher ohne Anspruch und Rechtstitel konnte er nun einmal nicht leiden, denn sie brachten kein Geld in den Staatsschatz, von dem er lebte, sondern störten nur den Betrieb, von dem er ein Teil war.

Von schwarzen Häkchen und wandelnden Säulen

In Justitias Hallen wandelten viele schwarz gewandete Herren, sie sahen aus wie Krähen in ihren dunklen Röcken, doch einerlei, ob ihr Haupthaar ergraut war oder noch in Farbe stand, keine dieser Krähen wirkte jung, alle schienen sie, als hätten sie mit ihrem Leben abgeschlossen, alle waren sie gleich in ihren schwarzen Uniformen. Viele trugen eine Bürde und mochten deswegen unter der Last der Akten gebeugt gehen, aber auch die augenscheinlich Unbeschwerten gingen geneigt, als drückte sie eine unsichtbare Last. „Was ein Häkchen werden will, das muss sich bei Zeiten krümmen" schoss es Wohlgemut durch den Sinn. Diese Krähen hatten sich vor Zeiten gekrümmt und schlichen gebeugt von ihrer Würde als Teil und Träger dieses Palastes durch die weiten Gänge und Säle als lebendige männliche Karyatiden auf der Suche nach einem Fleischbröckchen, denn diesen aßen Krähen zuweilen gern, obschon sie Allesfresser sind.

Wohlgemut war es in diesem Palast der Justiz, der von wandelnden figurierten Säulen getragen wurde, nicht recht wohl zu Mute, denn ihm war so, als könnte der Bau entweder jederzeit durch seine freibeweglichen Träger so umgestaltet werden, dass er nicht wieder so schnell herausfände oder aber zusammenstürzen, da die tragenden Säulen gekrümmt waren und ihn so unter sich begraben würden. Also drehte er seinen Absatz und schritt eilig durch die zweiflügelige Tür des Verhandlungssaales, in dem er sich befand, durch weite Flure, das Portal und schließlich an dem grinsenden Zinnsoldaten vorbei, der eine Ahnung von dem Unwohlsein des wissbegierigen Eindringlings haben mochte. Auf dem Platz angekommen schaute der Neuling nicht auf den kunstvollen Brunnen und nicht auf die steinernen Allegorien, nein, er schaute zu der Turmuhr und stellte fest, dass es Zeit wäre, die Universität zu besuchen.

Das altehrwürdige Gemäuer der Lehranstalt lag neben einem kleinen Park unweit des Gerichtsgebäudes. In dieser Stadt, die über Jahrhunderte gewachsen war, lagen die wichtigsten Institute im Zentrum, da viele von ihnen wegen der Bedeutung für das Leben und Überleben der Stadt schon beinahe so lange existierten wie sie selber und aus diesem Grunde im Zentrum lagen, wo das Wachstum der stolzen Stadt begonnen hatte. Ihren Keim verleugneten die Stadtväter gerne, denn er hatte in den Händen des Kaisers gelegen, aber davon wollte heute niemand mehr etwas wissen; auch nicht davon, dass sie nach ihrer Gründung über längere Zeit tributpflichtig war. Die Umstände, die zur Lösung dieses Vasallenbandes geführt hatten lagen im Dunklen, und auch nach der offiziellen Loslösung hatte es dann und wann noch latente Zinspflichten gegeben. Einige kritische Köpfe äußerten sogar die Meinung, es gäbe eine gewisse Verschleierung, um nicht unliebsame Details zu Tage fördern zu lassen. Von allem diesen hatte der Gerichtsflüchtling aber keine Kenntnis, er wollte nur Kenntnisse in den artes bonae erwerben und deswegen klopfte er itzt an die Pförtnerloge der Universität. Es wurde ihm aufgetan. Ein kleines, graues Männchen lud ihn zum Eintreten ein. Wohlgemut wies ein Schriftstück vor, welches belegte, dass er Unterkunft habe und für sein Auskommen durch seine Eltern gesorgt sei. Dann erklärte er seinen Vorsatz, in den Geisteswissenschaften seinen Bildungsweg nehmen zu wollen und legte sein Zeugnis vor. Als das graue Männlein dieses hörte und sah, lief ein Schmunzeln über seinen Backenbart. Er reichte Wohlgemut ein Tintenfass mit Feder und Streusand zum Ablöschen, daneben legte er ein Schriftstück, das gelesen und bei Gefallen unterschrieben werden müsste. Wohlgemut subskribierte. Nun war er ein wahrhafter und wirklicher Studiosus der schönen Künste. Dass er stolz gewesen wäre, kann nicht gesagt werden, aber er fühlte sich herausgehoben aus dem allgemeinen Getriebe der geschäftigen Stadt. Es war ihm, als öffneten sich Türen in unbekannte und prächtige Räume, in denen er finden würde, was er suchte. Aber wenn er sich fragte, was er eigentlich suchte, so konnte er sich keine rechte

Antwort darauf geben; er wusste nur, dass er den Gerichtshof, seinen Gerichtshof in dieser Stadt am großen Platz der Tugenden nicht gefunden hatte. Es schauderte ihn vielmehr, wenn er an den Palast der Richter und Advokaten zurückdachte. Wegen dieser unliebsamen Gedanken verfolgte er die Beantwortung der aufgeworfenen Frage nach seiner Teleologie auch nicht weiter, sondern wendete sich der Empfangshalle zu, um die aushängenden Seminar- und Vorlesungspläne in Augenschein zu nehmen. Lange glitten seine scharfen Augen recht interesselos über die Zeilen, als er plötzlich aufmerkte und wie vom Donner gerührt schien. Da stand eine kurze Ankündigung: „Die Philosophie von Leibniz im Lichte der Gegenwart. Vorlesung, Freitag von 15.00 bis 17.00 Uhr Hauptgebäude Hörsaal A."

Das Buch des Bookinisten hatte er wegen fehlender Zeit noch nicht lesen können, aber er erinnerte sich wohl an den anempfohlenen Namen. Nun traf er jetzt und heute Leibniz hier in dieser unbekannten Stadt. Wohlgemut glaubte zwar nicht an Fatum und Vorherbestimmung, aber eine gewisse Freude über die glückliche Fügung beschlich ihn doch. In der Wohnung angekommen empfing ihn der Landarbeiter sogleich mit einer bescheidenen aber warmen Mahlzeit und erzählte von seinem Vormittag. Es war ihm gelungen bei dem Gastwirt, der ihnen Unterkunft gab, eine Anstellung als Schankdiener zu erlangen. Es oblag ihm die Gäste, wenn das Haus gut besetzt war, mit allem was sie begehrten schnell und reichlich zu versorgen. So hatte er auch diese Mahlzeit als Vorschuss auf seine Tätigkeit ausbezahlt bekommen, denn sein Lohn bestand vornehmlich aus Naturalien und zwei Talern im Monat. Er war's zufrieden, denn er hatte ein Dach über dem Kopf und satt zu essen, das war mehr als er oftmals auf dem Lande bekam, dort hatten die Landarbeiter, wenn keine Scheune zur Verfügung stand, häufig auch im Freien oder in Zelten genächtigt. Unser Schöngeist erzählte von seinem Stundenplan, der einige Vorlesungen und Seminare der Literatur und Philosophie enthielt, die Rhetorik trat zugunsten von Platon und Leibniz in den Hintergrund.

Zu Beginn der folgenden Woche hatte sich Wohlgemut mit seinen Studiengenossen bekannt gemacht und hatte die Jahrhunderte der Bildung atmenden Räumlichkeiten erkundet. Nun begann die Vorlesung über Leibniz bei einem fade vortragenden Professor, doch je weiter unser Hörer Progress nahm, desto sicherer wurde er, es musste so sein wie Meister Pangloss dozierte, die Welt, in der wir leben, ist die beste aller Welten, in der alles auf das Beste eingerichtet ist. So dachte Wohlgemut und er bildete einen Syllogismus, der damit endete, dass er in dieser Welt und dieser Stadt nichts zu fürchten hatte, denn es war alles auf das Beste bestellt. Es bestätigten sich also seine Gedanken, die er bei seinem Reiseantritt gehabt hatte. So vergaß er die Warnungen der Eltern erneut und schlenderte durch Universität und Stadt ohne der Sorge anheim zu fallen. Dass diese Welt und diese Stadt gut waren, hatte sich auch durch die unverhoffte Begegnung mit dem Buchhändler und dem Landarbeiter gezeigt. So begann Wohlgemut denn doch an eine Bestimmung zu glauben, an eine Entelechie zu einem Guten für jeden Menschen und so auch für sich. Dass das „Gute" oberster Richtwert und Ziel wäre, lehrte ihn auch Platon, den er aus dem Munde eines Professoren in grünem Rock reden hörte. Das „Gute" musste das Wahre und Wirkliche sein, so wie auch die steinernen Tugenden auf dem Gerichtsplatz wahr und wirklich waren. Platon hatte das „Gute" in den Himmel verlegt zu ewigen und unwandelbaren Ideen, doch Leibniz holte dieses summum bonum auf unsere schöne Erde, indem er es zu ihrem Gestaltungsprinzip machte, denn sie wäre ihrem Aufbau nach das Optimum des „Guten" und damit das summum bonum. Die Bürger dieser Stadt hatten es zu Stein werden lassen, auf dass es jedermann sehen könne und an seine Realität in dieser Welt erinnert werde. Jedoch keimte in dem so Denkenden ein Widerspruchsgeist auf, wenn er an die Häkchen in dem Gerichtsgebäude dachte, die je nach Bedarf, Laune oder Befehl Netze bilden konnten, die keinen passieren ließen, ja sie konnten sogar einen Fang machen, indem sie sich verhakten und zusammenzogen, das lag in der Natur von Häkchen, vielleicht war es sogar ihr Lebenszweck.

Wohlgemut erklärte dieses damit, dass Leibniz nur gesagt habe, wir lebten in der besten aller möglichen Welten und nicht gesagt hat, wir lebten in einer Welt, in der alles gut wäre, denn dann lebten wir im Paradiese und eine Trennung von Diesseits und Jenseits wäre nicht mehr möglich; dieses konnte nicht so sein dachte Wohlgemut, weil Menschen nun einmal des Todes sterben und nicht mehr im Diesseits waren, wenn sie nicht völlig verschwinden sollten, was Wohlgemut nicht glauben konnte, dann mussten sie im Jenseits aufgehoben werden. So musste es Gutes und Schlechtes in dieser Welt geben, damit sie nicht zum Paradiese würde, welches das Jenseits vernichtete. Das war ein neuer Gedanke für den Leibnizschüler. Es fielen ihm die Gassenjungen und Bettler ein, welche er bei seinem Einmarsch in die Stadt geflissentlich übersehen hatte. Er dachte auch an den Landarbeiter, der in einem Krieg, den er nicht wollte, die Gesundheit seiner Schulter dem Landesherren geopfert hatte. Wäre das alles gut und richtig zu nennen? Und wie war es Candide ergangen in dieser besten aller möglichen Welten? Er hatte seinen Besitz nahezu völlig verloren und vielerlei Schmerzen und Schmach erdulden müssen. Wäre hier das „Gute" überhaupt noch erwähnenswert in dieser Welt als Gestaltungsprinzip?

Unseren Zweifler ereilte just in diesem Augenblicke ein Gedanke, welchen er bei Schiller gelesen hatte. Dort hieß es, die Menschen seien aus Gutem und Schlechtem gemischt. So war unsere Welt denn auch, weil sie eine menschliche ist, aus Übel und Segen zusammengeballt. Wie sie sich dem jeweiligen Akteur auf ihr präsentierte, mochte von seinem Standpunkt und seiner Auffassungsgabe abhängen. Candide hatte augenscheinlich nicht mit einem schlechten Standpunkt, es war immerhin ein Schlösschen, begonnen, doch seine Auffassungsgabe von der Welt, die ihn immer wieder den Listen übelgemischter Mitmenschen aufsitzen ließ, erhielt er im weiteren Verlauf seines Lebens einen schlechten Standpunkt in dieser amalgamisierten Welt. So mochte es sein, sinnierte unser Student, als er durch ein jähes Pochen an der Tür aus seinen Gedanken gerissen wurde.

Vorboten

„Eilpost von der Universität!" sagte ein ungebeten eintretender Bote, welcher einen Brief übergab. Wohlgemut war verdutzt, noch nie hatte er Post erhalten und dazu noch Eilpost. Bisher waren gut drei Semester ohne Zwischenfälle verlaufen. Wohlgemut hatte den vorgeschriebenen Kursus durchlaufen und konnte sich nicht denken, was es mit diesem eiligen Brief auf sich haben könnte. Als Absender stand dort „Literarische Fakultät" geschrieben. Der Angeschriebene erbrach das Siegel und las geschwind die spärlichen Zeilen.

„Hiermit teilt die literarische Fakultät mit, dass die zu erbringende Zwischenprüfung als nicht bestanden gilt und einmal wiederholt werden kann. Hochachtungsvoll der Subdezernatsleiter"

Wie konnte das sein? Er hatte alle vorgeschriebenen Veranstaltungen besucht und mit Erfolg abgeschlossen. Waren es wirklich alle? Nein, es stand noch die Bescheinigung über eine Abhandlung in dem Bereich der neuen Literatur aus. Sie handelte über Goethe, er hatte sich den „Werther" erwählt und war mit seinem Vortrag im Seminar anerkannt worden, da konnte das zugehörige Schriftstück doch nicht viel schlechter sein? Nein, es musste etwas vorgefallen sein. Konnte es sein, dass es an dem orientalischen Abend gelegen hatte? Nein, denn dieses war eine private Angelegenheit außerhalb des Seminars und außerhalb der Universität. Sein Privatleben verbrachte Wohlgemut auf den Gassen und in den Parks der Stadt, dort betrachtete er die Architektur aus verschiedenen Jahrhunderten und die Menschen aus unterschiedlichen Ländern, welche zu allerlei Geschäften in die große Stadt kamen, denn es war eine Handelsstadt, die vom Warenverkehr lebte. So gab es hier auch einen Fluss wie in Wohlgemuts Heimat, auf ihm kamen und gingen ansehnliche Handelsschiffe mit kostbaren Waren. Diesen Strom besuchte Wohlgemut aber nicht so häufig, denn er war nicht rein wie der Fluss, welcher seine Kindheit und Jugend mit seinem murmelnden Verlauf begleitete hatte. Der Fluss der Stadt roch etwas streng, besonders am Hafen, wie überhaupt die große Stadt reich an unterschiedlichsten Gerüchen war, die aber nicht an Wiese, Wald und Korn erinnerten. So gab es auch ein Viertel, das nach Gewürzen und Wasserpfeife roch, es war das orientalische Viertel. Hier hatte der orientalische Abend stattgefunden. Der Professor, welcher die Atmosphäre des „West-Östlichen Divans" veranschaulichen wollte wie er scherzhaft gesagt hatte, lud als Privatmann aus dem Seminar, wer da kommen wolle. Wohlgemut, der von Haus aus gewohnt war das was die Leute ihm sagten so zu verstehen wie es gesagt worden ist, wollte nicht. Nach seiner Auffassung war die Welt aus Gutem und Schlechtem gemischt und bei der Einladung hatte er sich wieder der Warnungen seiner Eltern erinnerte; diese hatten ihn eindringlich von Wirtshausbesuchen abgeraten, zumal sein Salär nur knapp bemessen sei und in einem Wirtshause schnell an einem Abend der Etat für einen ganzen Monat aufgebraucht werden könne. Von dem lustigen Abend, zu dem alle außer unserm Ländler gekommen waren, wurde im Seminar berichtet und man sprach lange darüber. Es gab allerlei fremdländische Spezereien, Wasserpfeifenrauch und orientalische Tänze. Wohlgemut meinte, er hätte auch ohne diesen besonderen Abend einen hinreichenden Einblick in den West-Östlichen Divan Goethes erhalten. Ferner lag sein

Interesse auf dem „Werther" über diesen hatte er gesprochen und geschrieben, über Prosa, nicht über Lyrik. Er dachte nicht, sich eines Vergehens oder einer Unfreundlichkeit schuldig gemacht haben zu können, denn der Professor hatte seine Einladung so beiläufig, offen und betont privat formuliert, dass Wohlgemut sie als privat und unverbindlich verstanden und danach gehandelt hatte. Darüber hinaus begriff er sich als guten Goetheschüler, denn bei dem Literaturstudium in dem Seminar fand er einen Passus in „Dichtung und Wahrheit", daran erinnerte er sich jetzt, in dem davon berichtet wird, dass Goethe von seinem Vater ebenfalls vor Wirtshausbesuchen gewarnt worden sein soll. Also, was sollte da zu befürchten sein? Ob ein Mensch das Wirtshaus besucht oder lieber daheim isst und trinkt, ist seine ureigenste Angelegenheit, sollte man denken.

Unser Relingent war verstimmt. Er ging zu dem ablehnenden Dozenten und fragte ihn geradeheraus, was denn an seinem Elaborat missfalle. „Sie schreiben über Werther. Nun gut. Dann schreiben Sie nicht „von" Goethe, wenn Sie den Autoren bemühen. Er ist einer der unseren, ein Bürger im Staate, der nach den bürgerlichen Tugenden lebte und nicht verkommen war wie die Aristokratie, die vergebens versuchte, sich den Geistesadel, den Genius, einzuverleiben, damit er ihr nicht mehr schaden könne. Merken Sie sich das. Fürderhin wurde Goethe erst nach seinem Werther das unglückselige Prädikat verliehen. Merken Sie sich auch dieses. Wenn Sie Ihre Karriere als Student beenden wollten, dann hätte mein Schwager in seiner Waschstube noch ein Plätzchen frei, und nun entschuldigen Sie mich, es warten meiner noch andere Obliegenheiten." Der so Angesprochene verstand nicht recht, wie seine Abhandlung an einem einzigen Wörtchen aufgehängt werden konnte, ohne ihren Sinn und Gehalt zu verleugnen. Aber er trollte sich. Er beschloss, das Seminar mit einem anderen Thema zu wiederholen und sich weiterhin auf die Philosophie zu konzentrieren. Hier hatte er noch keinen so großen Progress gehalten wie in der Literatur. Mochten die Literaten ein wunderliches Völkchen sein, die Philosophen waren ungleich seltsamer. Die Professoren sahen nicht so uniform mit Frack oder Gehrock bekleidet aus wie die Literaten, denn sie trugen unterschiedlichste Gewänder. Einige sahen sogar schon leicht zerzaust aus, sie mochten Kyniker sein, andere wiederum erschienen vornehm wie ein Fürst im Gebäude der Wissenschaften und Künste. So gab es auch einen heftigen Streit unter ihnen darüber, ob ihr Fach, die Philosophie, als Wissenschaft oder Kunst zu begreifen und zu lehren sei. Wohlgemut ergriff Partei für die Kunstsinnigen, denn Wissenschaften, das waren ihm Fächer, die durch Experimente Fragen an die Natur stellten wie Bacon es nannte. Die Philosophie war nach Wohlgemuts Auffassung rein geistig, sie hatte nichts mit den Hebeln und Schrauben zu tun, mit denen der Unverständige nach Faust vergeblich versuchte, der Natur ihr Geheimnis abzutrotzen. Die Natur aber hatte Wohlgemut im Ring und im Herzen, denn den Hausbock und die Wälder seiner Heimat konnte er nicht vergessen. Es war ihm ein Gräuel, wenn der Förster mit seinen Gehilfen Hebel und Schrauben in Form von Sägen und Äxten an die Natur der Wälder ansetzte. So kamen ihm die sogenannten Wissenschaften vor, diese holzten im Garten Eden munter drauf los, auf der Suche nach Erkenntnis. Dabei merken sie nicht, dass sie die Axt an die Wurzel des Baumes der Erkenntnis legen, vielleicht auch an die Wurzeln Yggdrasils, der Weltesche, die das Universum trägt. Die Philosophie kennt kein eisernes Werkzeug, mit dem sie zerkleinert, nein sie baut aus einem einzigen Gedanken eine ganze Welt auf, so wie aus dem Samenkorn des Apfels vom Baume der Erkenntnis die ganze Welt des Wissens der Überlieferung nach gesprießt sei. Die Philosophie schafft und zerlegt nicht durch Experiment und Werkzeug. So hat die Philosophie etwas Poetisches, denn sie lässt entstehen, so wie der Poet sein Werk entstehen lässt, nicht vergehen, so wie die Wissenschaften durch ihr Instrumentarium die Äste der Bäume im Garten der Natur absägen und den Baum der Erkenntnis selber zerstören, indem sie ihn entzaubern. Literatur und Philosophie sind Künste, keine Wissenschaften. Doch die literarische Fakultät folgte nicht

Wohlgemuts Ansichten. Sie vertrat den Standpunkt, wissenschaftlich tätig zu sein. Unser Literaturwissenschaftler überlegte nun eifrig, worin die Wissenschaftlichkeit dieser Fakultät denn nun eigentlich bestände. Er fand das Zitat. Sie taten, als hätten sie das Zitat erfunden und in die Wissenschaft als Methode eingeführt. Die vornehmliche Tätigkeit eines Literaturwissenschaftlers bestand in Faktenhuberei. Es galt, ein Werk zu studieren und dazu nicht enden wollende Zusatztexte, sogenannte Sekundärliteratur, hinzuzuaddieren. Sodann musste das Zitat als Rechenoperation der Verknüpfung angewendet werden, um einen „eigenen" Text zu verfassen, dessen Eigenheit nur in der Zusammenstellung und Verknüpfung der Zitate bestand, also in der Wiedergabe fremder Gedanken in neuer Anordnung. Je mehr Zitate, desto tiefgreifender, weil wissenschaftlicher erschien eine Arbeit den Professoren. Was ansonsten darin stand, war nicht so erheblich, es sei denn, es wäre ein „von" gewesen.

Ein Wolkenbruch

Nun saß Wohlgemut, der sich nicht als Künstler, auch nicht als werdender begriff, in einem Seminar der philosophischen Kunst und lauschte den Worten des Dozenten:

„Es tut gut den Musensöhnen, sich an das Bier zu gewöhnen."

Diesen launigen Satz verband er mit dem Hinweis, dass es im Hafenviertel ein Gasthaus gäbe, welches bei Philosophierenden sehr beliebt sei. Wohlgemut wusste nicht recht, was er davon halten sollte, denn er trank kein Bier. Doch es beschlich ihn die Erinnerung an die Morgenlandfahrt des Literaturseminars in das orientalische Viertel mit Tänzerinnen, an der er nicht teilgenommen hatte und welche Folgen diese Auslassung für sein Fortkommen gehabt hatte. So beschloss er bei sich, am folgenden Abend das Lokal „Zum roten Hahn" im Hafen einmal zu probieren.

Es war dunkel, feucht und kalt, es war November. Das Hafenviertel hatte Wohlgemut immer gemieden, wegen der Erzählungen des Landarbeiters über Opiumhöhlen, Raub und Totschlag. Nun war er hier, um ein Glas Hopfensaft zu trinken, nach dem ihn nicht verlangte. Aber er dachte an Candide, auch dieser war in üblen Gegenden und Gesellschaften gewesen und hatte alles überlebt. Es galt zwar nicht, das Tal Eldorado mit seinen Schätzen zu gewinnen, oder Fräulein Kunigunde zu finden, es galt aber, der Philosophie treu zu bleiben und das wollte Wohlgemut unbedingt. Wohlgemut schrak bei diesen Gedanken zusammen, als eine Katze hinter einer Hausecke kreischend hervorsprang. Sie war von einem Gassenjungen getreten worden, der den Eindringling in sein Revier feindselig beäugte. Es gruselte Wohlgemut. Er konnte nicht verstehen wie einer ausgezogen sein konnte, um das Fürchten zu lernen, er wäre froh, wenn er es nie gelernt hätte, denn dann könnte er sich jetzt in dieser Gegend unangefochten bewegen und zu den Freunden der Weisheit stoßen. Er überwand sich und sprach den Jungen an: „Kannst Du mir sagen, wo ich das Gasthaus „Zum roten Hahn" finde?" Der Junge schwieg, grinste breit, spuckte aus und verschwand in den dunklen Straßen, die von graubraunen Lehmhäusern gesäumt wurden.

Der Wind trug von Osten her ein Geräusch an die Ohren. Wohlgemut beschloss, dieser Melodie zu folgen. Nach einer Weile gelangte er an der Hafenmole an. Hier war ein buntes Treiben und es gab vielerlei Gasthäuser, aus denen munterer Lärm zu hören war. Der „Rote Hahn" befand sich gleich am Anfang der Hafenzeile. Den Eintretenden empfing stickige, warme und rauchige Luft, die nach Spirituosen roch. Es gab einen Billardtisch, in einer anderen Ecke wurde Karten gespielt, an dem Tresen saßen kräftige Burschen mit Schnurrbärten und Bierkrügen. Ob dieses die Musensöhne waren, die sich an das Bier gewöhnten? Nein, unser Schöngeist kannte keines der Gesichter. Da rief ihn rücklings eine helle bekannte Stimme an: „He, Wohlgemut, dreh Dich und Du wirst uns finden!" Und wirklich, dort saß an einer langen Tafel das halbe Seminar, die andere Hälfte der Männer waren dem Angerufenen unbekannt; er setzte sich zu ihnen und bestellte ein kleines Glas Bier bei einem Kellner mit schmutziger Schürze und schwarzen zurückfrisierten Haaren. Einer der Unbekannten fragte ihn: „Was hältst Du von der Bauernbefreiung?" Wohlgemut wusste nicht, was er sagen sollte, denn in seiner Gegend im Osten des Landes waren die Bauern größtenteils leibeigen und er hatte von den neuen Bestrebungen noch kaum etwas vernommen. Ein anderer der Unbekannten sprach so zu dem Neuhinzugekommen: „Was hältst Du von den Arbeitervereinigungen?" Wohlgemut stockte es im Hals, denn Arbeiter gab es bei ihnen auf dem Lande bis auf Landarbeiter nicht, und diese hatten sich bislang noch nicht vereinigt. Da sagte ein bekannter Student, der wohl die Verlegenheit seines Studiengefährten bemerkte: „Lasst ihn, er hält nur etwas von der Frauenbefreiung." Wohlgemut wurde rot. Es war ihm bekannt, dass für die Rechte der Frauen gestritten wurde, auch an der Universität. So gab es seit Neuestem die Erlaubnis von den Stadtvätern, dass Frauen an der Universität studieren dürften, wenn sie Lehrerinnen der Jugend werden wollten. Man war zu der Überzeugung gelangt, dass sich die Sippschaft der Frauen nicht mehr länger wird ausschließlich an den Herd verbannen lassen und gestand ihnen daher das zu, was in ihrer Natur lag, die Ausbildung des Nachwuchses. Wohlgemut nippte an dem Bierglas, auf dem ein roter Hahn abgebildet war, und blickte zu Boden. Der erste Unbekannte erhob erneut das Wort: „Dann bist Du doch wohl wenigstens ein anständiger Linkshegelianer?" Der Angesprochene wusste dieses Mal, was zu sagen war, denn er wollte nicht unhöflich erscheinen: „Euer Hegel ist wohl ein anständiger Mensch, aber leider hatte ich noch nicht das Vergnügen, wenn Ihr wollt, könnt Ihr mich mit ihm bekannt machen." Eh er diesen Satz zu Ende ausgesprochen hatte, traf ihn die gegenüberliegende Faust im Gesicht, er wankte. Wohlgemut, der kein großer Kämpfer war lag am Boden und freute sich, dass noch alle Zähne leidlich fest saßen. Er stand auf, bezahlte sein Gläschen mit dem roten Hahn, welches einen Sprung bekommen hatte, bei dem Kellner mit der schmutzigen Schürze und ging in die Nacht. Niemand nahm Anstoß, niemand schaute, alle taten das, was sie auch schon vor dem unvermittelten Bekanntwerden mit Hegel getan hatten, sie rauchten und tranken.

Im Seminar sprach auch niemand über die handfeste Philosophiestunde am Hafen; unter Musensöhnen versteht man sich schweigend, denn man ist eines Geistes wie sich in dem „Roten Hahn" gezeigt hatte. Nein, Wohlgemut beendete das Seminar mit einem mäßigen Zeugnis und bereitete den Abschluss des Philosophiestudiums vor. Hierzu schritt er zu einem ihm bekannten Professoren der Logik. Er hatte ihm Proben seines Könnens eingereicht und um Stellungnahme gebeten, ob er reif für das Examen sei. Der Logikus lud den Ratsuchenden ein, Platz zu nehmen und schaute schweigend zu dem Besucher. Die Besprechung ward nicht eben angenehm verlaufen und Wohlgemut schickte sich an, die verabschiedenden Sätze zu verfassen, indem er von dem harten Holzstuhl aufstand und sich der Tür zu wendete. Der Hochschullehrer tat ein Gleiches und umfasste dabei Wohlgemut. Entsetzt eilte der Betroffene ohne sich weiter zu empfehlen aus der Tür und verschob sein Examen bis auf Weiteres.

Der Faustschlag hatte Wohlgemut aus seinem ideologischen Schlummer geweckt. Die Welt war nicht nur als ein schillerndes Amalgam aus Gutem und Schlechtem zusammengesetzt, es gab in ihr auch eine Dynamik, eine bewegende Kraft, welche der unbewegte Beweger, der akineton kinoun des Aristoteles sein mochte. So wie sich die Faust des Musensohnes auf sein bleiches Gesicht zu bewegt hatte, so fand eine Bewegung, ein Austausch und eine Berührung, bei der Durchmengung und Veränderung stattfanden, zwischen dem Guten und Schlechten in der Welt statt. Die Elemente, die vier Wurzeln des Empedokles, vermischten sich ebenfalls und bildeten so unsere Welt; Marc Aurel spricht davon, dass das Werden des Lebens nichts weiter als eine Vereinigung der Elemente sei, das Vergehen des Lebens hingegen eine schlichte Trennung der Elemente, auch hier musste es eine Bewegung geben, die vereinte und trennte. Wenn es eine derartige oder ähnliche Bewegung gäbe, dann hieße das, man wäre sich seines Standpunktes, nicht einmal seiner selbst gewiss und man könnte auch keinen festen Standpunkt, etwas Gewisses, einen sicheren Hafen, in dieser Welt finden - panta rei lehrt Heraklit, alles fließt, der Faustschlag hatte es bestätigt, denn er hatte das Innere Wohlgemuts verändert und in Fluss gesetzt, wenn auch sein Außen weitgehend unverändert geblieben war. Wohlgemut war nicht gewiss, ob das Gute in das Schlechte und umgekehrt wechseln könnte, oder ob sie nur untereinander wechselseitig Knüffe austauschten, indem sie kollidierten und so immer neue Mischungsverhältnisse und andere Anordnungen der Bestandteile einer Entität, einer „Seinseinheit", erzeugten. Ferner blieb die Frage nach dem Woher? und Wohin? des Flusses, sowie dem Ursprung des unbewegten Bewegers, der ein Gott sein musste. Kam alles aus dem Nichts? Ging alles in das Nichts? Das Chaos sei das Nichts, die Leere, vom dem alles seinen Ursprung nähme, so der Mythos. Diese Gedanken weckten in ihm die Erinnerung an die Antinomien Kants. Damit hatte sich Wohlgemut in einer Abhandlung schon vergebens auseinandergesetzt, war das Universum nun unendlich, oder hatte es einen Anfang und einen Endpunkt? Nein, er wusste es auch jetzt nicht, er dachte nur an das avisierte Ende seines Studiums und wendete sich in seiner Not an einen Griechen. Er war ordentlicher Professor der Universität. Die Griechen hatten mit Thales von Milet die Philosophie, zumindest die europäische, erfunden, so hieß es. Es ließe sich zwar nicht leugnen, dass in das Gesamtkunstwerk der abendländischen Weisheitsbestrebungen deutlich sichtbare orientalisch-asiatische Fäden aus Ägypten, Persien, Indien und China eingewoben wären, jedoch sei der entstandene Wandteppich ein europäisches Produkt und zeigte Figuren, Helden, Denker sowie Götter aus den Ländern der untergehenden Sonne. Darüber hinaus seien philosophische Gedanken nun einmal der allgemeinen menschlichen Natur entsprungen, und da wäre es auch nicht verwunderlich, dass Orientalen und Asiaten ebenfalls philosophische Momente in ihrer Geistesgeschichte aufwiesen, die sich perpetuiert hätten.

Unter solchen Spintisierereien schlenderte unser Examenskandidat zu dem Griechen und erläuterte sein Vorhaben. Den Lehrstuhl hatte er von der Universität gemäß dem Motto „ad fontes" erhalten, das Institut wollte einen ursprünglichen Genius an sich binden, und so kam es zu dem seltenen Fall, dass ein Südländer im Norden eine einflussreiche Stellung innehatte. Der Hellene schien Wohlgemut kaum verstanden zu haben und dieser konnte ihn kaum verstehen, das lag an dem antiken Einschlag seiner Sprache; jedoch verstand er immerhin, dass er an dem Seminar des Griechen teilnehmen solle.

Das Seminar war absolviert. Das Examen nach einer Zeit von einem Jahr ebenfalls. Nun war er ein mittelprächtiger Meister der Künste, ein Magister Artium. Immerhin, er war nicht schlecht, dass er nicht gut war, störte ihn nicht besonders, da er sich im Verlaufe der Studienzeit abgewöhnt hatte, die Benotungen überaus ernst zu nehmen, denn sie waren ihm oftmals nicht nachvollziehbar geschweige denn erklärlich gewesen, weder die eigenen, noch die von Genossen. So war er denn froh, seine Abschlussarbeit erfolgreich eingereicht zu haben. Sie interessierte ihn dem Inhalte nach nicht besonders, das lag daran, dass ihm das Thema nahegelegt worden war, ohne den Absolventen dabei einzubeziehen. Der Topos war ihm aber nicht unangenehm, er konnte dem Bereich etwas abgewinnen und so wurde es ein „Bestanden".

Wohlgemut war ausgezogen, einen Beruf zu erlernen, er hatte es seinen Eltern versprochen. In der Schule hatte er gelernt, dass die Universität ein wichtiger Weg zu diesem Ziele sei. Diesen Weg war er zu Ende gegangen, nur einen Beruf, nein, den hatte er nicht, auch wusste er nicht recht eigentlich, was ein Beruf denn sein könnte; so wenig wie der Jüngling im Märchen wusste, was es mit dem Gruseln auf sich hätte. Wohlgemut stand vor einem Miraculum, er hatte studiert, mit Erfolg, er hatte etwas gelernt, er hatte den Weg beschritten, welcher in der

Schule aufgezeigt worden war, dennoch hatte er keinen Beruf. Was sollte denn ein Beruf anderes sein, als ein Studienabschluss? Mit einem Abschluss der Universität sollte man Geld verdienen können, weil man etwas gelernt hatte, was nicht jeder wusste und dieses Wissen sollte man gegen Bezahlung einsetzen können. Aber alle seine Versuche, als Musensohn ohne Bierhumpen eine Stellung mit Bezahlung zu finden, schlugen fehl. Er dachte an das backenbärtige graue Männlein und das Schmunzeln, als er sich für die artes bonae eingeschrieben hatte. Nun verstand er es besser. Der kleine unbedeutende Mann hatte um die große Bedeutung des Entschlusses des Studienneulings gewusst, er wusste, dass derartige Studenten und Absolventen leicht schlechter dastehen konnten in dieser Welt als er in seiner Pförtnerloge. Nun wusste es auch Wohlgemut, aber er war nicht verdrießlich, denn er hatte einen Plan. Wenn er auch nicht mit „gut" abgeschnitten hatte, so war er mit seinem Abschluss doch im Besitz des Notenspiegels, der dazu berechtigte, einen Doktortitel zu versuchen. Ideen dazu schwebten ihm vor Augen und er ging mit seinem Zeugnis zu einem ihm bekannten Professor, dessen Ressort seine Ideen waren. Er wurde vorläufig angenommen und hatte die Erlaubnis, ein Exposé vorzulegen. Da es sich aber nur um einen Versuch und Entwurf handelte, wollte der begleitende Professor dieses Unterfangen noch nicht dem Rate der

Universität melden wie es eigentlich zu geschehen hatte, wenn Absolventen nach höheren Weihen strebten. Unser Doktorand inkognito dachte sich nichts Böses dabei und begann, zu lesen und zu schreiben. Zur Unterstützung der Arbeiten gab es kleines Kolloquium einmal monatlich, in welchem sich alle Doktoranden aller Fakultäten der schönen Künste trafen und besprachen. In diesen Sitzungen konnte man so einiges profitieren, so konnte etwa das Fortkommen und die Vorgehensweise der Mitstreiter beobachtet werden. Wohlgemut meinte festgestellt zu haben, dass er mit seiner Arbeit nicht im Hintertreffen lag, er hatte schon gute 150 Seiten zusammengebracht, gegliedert, wie es Sitte war, und viel Sekundärliteratur zusammengesucht, den Bibliothekar hatte er damit schon ordentlich in Aufruhr versetzt. Nur das Wort „Doktorvater", das seine Kollegen häufig im Munde führten, brachte er nicht so recht über die Lippen, denn er meinte, nur einen Vater zu haben, und dieser hatte ihm zusammen mit der Mutter den Ring mit dem Holzkäfer zur Erinnerung geschenkt. Wohlgemut betrachtete das eingravierte Tierchen, nein, Vater wollte er den Professor nicht nennen, er redete ihn mit seinem akademischen Titel an und damit war es gut, so meinte er.

Dem Träger des Holzkäfers fiel aber auf, dass sich viele der Kandidaten so kleideten und so sprachen wie ihre Doktorväter. Beliebt unter ihnen war auch das großäugige Schauen wenn sie ihre Meister erblickten, als sähen sie unfassbare geistige Größen vor sich. Einige berichteten auch von Einladungen, die sie in die Häuser ihrer Ausbilder zum Abendmahl oder dergleichen erhalten hatten; andere wiederum sprachen von kurzen Reisen, die sie gemeinsam mit ihren geistigen Ziehvätern unternommen hätten. Bei all diesen Gemeinsamkeiten mussten sie auch das gleiche denken, so dachte Wohlgemut. Er ward nicht verwundert, dass er keine Einladungen erhalten hatte und nicht elegiert worden war wie die anderen. Er hatte sich selber in Vorschlag gebracht, weil er meinte, dazu berechtigt zu sein. Seine Kolloquiumsgenossen waren sämtlichst gebeten worden, die Doktorandenlaufbahn zu erproben, sie hatten davon erzählt wie sie zu ihren Professoren gerufen worden sind und das Angebot erhielten, zum geistigen Sohn des Einladenden zu werden. Wohlgemut war das einerlei, er schrieb an seinem Probestück, und war dabei, Gefallen an dem Vorgang zu finden, denn er konnte vielerlei darin verarbeiten und verwenden, was er in der Universität und seinem vorherigen Leben gelernt hatte.

In der Besprechung seines Konzepts teilte sein Professor kurz mit, dass er dringend nach Frankreich müsse und daher keine Zeit mehr hätte, sich um Wohlgemut zu kümmern, des Übrigen sei das Exposé wohl mit der

„flüchtigen Feder" geschrieben und so könne er es keinem anderen Kollegen andienen. Wohlgemut nahm es gefasst auf. Er dachte nach und kam zu dem Schluss, dass er vielleicht wirklich nicht für die Doktorwürde tauge. Dennoch oder auch deswegen warf er sein Elaborat in den großen unreinen Fluss, auf dass es die Fische fräßen. Nun war er seinem Ziel, einen Beruf zu erlernen aber immer noch nicht näher gekommen. Ein Doktor, ja der kann tafeln und leben, der hat Geld, weil er einen Beruf mit seinem akademischen Grad erlangen kann. Konnte ein Beruf denn darin bestehen, sich zu kleiden wie die Vorgesetzten und so zu sprechen, schreiben und denken wie sie? Wo bliebe da das Neue, es müsste dann heißen „semper idem", es gäbe keinen Fluss und beständigen Wandel wie es Heraklit gelehrt hatte, es wäre alles immer ein und dasselbe, eher im Sinne von Parmenides, dem Eleaten. So dachte unser Unglücksrabe. Verzweifeln, nein, verzweifeln wollte man aber nicht, denn die Jugend ist ungestüm und vielseitig.

Der Entschluss

Während der letzten Jahre hatte Wohlgemut begonnen, die Rechte nebenbei zu studieren. Denn er hatte viel von Rechtsphilosophie und den natürlichen Rechten, die schon die Stoiker um Zenon kannten, bei den Philosophen gehört. Aus diesem Grunde hatte er in den letzten Semestern den Entschluss gefasst, den juristischen

Kursus zu durchlaufen, um zu sehen, wie die Dinge zusammenhingen. Natürlich ging das nur, soweit er Zeit dafür fand, denn die Geisteswissenschaften nahmen ihn in Anspruch. Er hatte wahrlich in seinem neuen Fach nicht brilliert, aber er hatte bis zu der Zwischenprüfung Schritt gehalten und schrieb die schlechten Noten seinem fehlenden Engagement wegen des Zeitmangels zu. Nun wollte er richtig Tritt fassen und ging zu dem Dekan der Rechtsgelehrten. Ein kräftiger Mann mit blonden streng mittig gescheitelten Haaren und randloser Brille empfing ihn freundlich.

„Ihnen kann geholfen werden", sagte er, „wenn Sie eine Bescheinigung wünschen, die Ihnen den Zugang zum Hauptstudium verschafft, diktieren Sie nur geradeheraus meinem Sekretär, ich unterschreibe Ihnen alles."

Gesagt, getan, er diktierte: „Dem Inhaber dieses Schriftstückes wird attestiert, dass er aufgrund seiner Leistungen, insbesondere der erbrachten Zwischenprüfung, in das Hauptstudium der juristischen Fakultät aufgenommen wird."

Der Professor verabschiedete unseren Studenten der Jurisprudenz und fügte mit einem Lächeln hinzu: „Wenn wir uns einmal wiedersehen, dann müssen Sie mir aber auch einen guten Tag wünschen."

Wohlgemut ging nicht unfroh über das Erreichte in seine Behausung und berichtete dem Landarbeiter, der wegen einer Erkältung das Bett hüten musste. Dieser wunderte sich, denn er hatte damals von den seltsamen Eindrücken seines Mitbewohners in dem Justizpalast gehört. So fragte er ihn nach seinem Sinneswandel:

„Hast Du keine Sorge mehr, dass das ganze schöne Gebäude der Rechte und Pflichten über Dir unter wankenden und krummen Säulen zusammenstürzt, wenn Du es betreten hast?"

„Nein, denn ich gehe ja nicht in das Gebäude, ich möchte etwas über das Gebäude lernen und zu dem Gebäude gehört der Platz mit dem Brunnen und den bürgerlichen Tugenden. Das will ich verstehen, denn über die Tugenden lehrt uns schon Sokrates. Er suchte nach den Tugenden und hat sie nicht gefunden, so will ich jetzt danach suchen, und es könnte sein, dass sie in der Architektur des Gerichts mit dem Platz der Tugenden, an dem das Gericht liegt, beschlossen sind. Nur hineingehen in den Palast der Juristen, das darf ich nicht, bis ich nicht genau weiß wie er konstruiert ist, welche Geheimgänge, Falltüren und Verliese er birgt."

Dieses leuchtete dem Landarbeiter ein. Man muss wissen wie eine Landwirtschaft aufgebaut ist, wo die Äcker und Scheunen liegen, und wie man am besten zu ihnen gefahrlos gelangt, nur so kann man die Felder bestellen und die Ernte einbringen. Wer blindlings arbeitet, verdirbt häufig junge Saaten und raubt Mensch wie Tier die Nahrung, so kann auch der Unkundige in Verkennung des Aufbaus, der Architektur, des landwirtschaftlichen Betriebes von ihm begraben werden, denn es bliebe nichts zum Leben übrig.

Der Dekan, welcher die Bescheinigung ausgestellt hatte, war ihm bisher noch nicht wieder begegnet, nur der kahlköpfige Sekretär mit Kneifer und Stehkragen. Er hatte die Mundwinkel auffällig nach unten verzogen, als er das bekannte Gesicht erblickte. Wohlgemut nahm es für Nichts und schob es auf das schlechte Wetter, das jetzt im Januar nördlich der Alpen herrschte. Man musste Vorlesungen, Seminare und Übungen in den verschiedenen Rechtsgebieten des privaten, öffentlichen und des Strafrechts besuchen. Das Strafrecht gehörte freilich auch dem öffentlichen Rechte an, da es durch ein Über- und Unterordnungsverhältnis von Staat und Bürger gekennzeichnet war. Denn der Staat der Bürger hatte alleinig das Privileg zu strafen und Gewalt anzuwenden, nicht König oder Fürst; da das Strafrecht aber so umfänglich und eigen war, hatte man ihm einen eigenen Lehrgang eingeräumt. Nun gut, die Grundlagen des Studiums waren bewältigt, aber jetzt hieß es, das Recht in seiner Umfänglichkeit und Tiefe zu studieren. Dazu besuchten die Studenten, auch Wohlgemut, nicht nur die vorgeschriebenen Veranstaltungen, sondern auch die

Bibliotheken, in denen sie Pandeckten wälzten, um ihre Arbeiten schreiben zu können. Die Wände und Regale in den Büchersammlungen waren bis unter die hohen Decken mit Schrifttum gefüllt. Dieses bestand aus Gesetztestexten, Gerichtsurteilen, Sammlungen von gelehrten Aufsätzen und Kommentierungen sowie allgemeinen Lehrwerken.

Die Zusammenstellungen der Gerichtsurteile ließ unser Neuling weitgehend außer Acht, da in den Vorlesungen gelehrt wurde, es gäbe in dem Staate der Bürger kein „Fallrecht" oder „Case law" wie es unsere angelsächsischen Freunde benannten. Damit war gemeint, dass Prozesse nicht nach dem Schema eines Musterfalles gelöst werden sollten, also nicht stets ein Raub wie der andere, sondern, dass jeder Einzelfall aufs Neue strikt nach dem Gesetz abgeurteilt werden müsse und keine verallgemeinernden und angleichenden Gedankenoperationen unter Hinzuziehung von vorheriger Gerichtsverhandlungen in einem ähnlich Fall vorgenommen werden sollten. So beschloss Wohlgemut, alleine das Recht in seinen Rechtsgutachten sprechen zu lassen und älteren Verfahren keine Beachtung zu schenken. Denn das Gesetz der großen Stadt war ihm nach seinem bisherigen Studium der Rechte nicht unbillig erschienen, zumal es als eherne Grundlage die bürgerlichen Tugenden hatte, die gleichsam ein nicht kodifiziertes, aber versteinertes Grundgesetz aller in dieser Stadt Lebenden darstellten. An diesem Grundgesetz musste sich alles Trachten und Handeln messen lassen, seien es die Taten kleiner Geschäftsleute oder die Anweisungen der hoheitlichen Stellen an die Bürger der stolzen Stadt. So dachte Wohlgemut beim Schreiben zwar nicht im Besonderen an eine Tugend, noch nicht einmal an die fünf Tugenden im Ganzen, nein, er achtete lediglich darauf, dass sich nicht ein Gefühl des krassen Widerspruches zu ihnen bei seinen rechtlichen Subsumptionen und Konklusionen einstellte. In diesem Rahmen schien ihm alles erlaubt zu schreiben, was die Gesetze eben in ihrem jeweiligen Auslegungsbereich zuließen. Dieser Auslegungsbereich konnte enger oder weiter sein. Es gab oft gedankliche Scheidewege, an denen zwischen mehreren Möglichkeiten der Anwendung oder Nichtanwendung eines Gesetzes gewählt werden musste. Je nachdem wie die Wahl ausgefallen war, kam man an einem unterschiedlichen Zielpunkt des Weges an. So war es im Recht, je nachdem wie ein Paragraph angewendet, ausgelegt oder nichtangewendet wurde, so fiel das letztendliche Rechtsurteil unterschiedlich aus. So wurde Freiheitsstrafe oder Geldbuße verhängt, ein Anspruch auf Zahlung zugesprochen oder abgewiesen, obschon derselbe Sachverhalt zugrunde lag. Aber diese Freiheit hätte der Jurist, solange er im Rahmen der Tugenden und der daraus abgeleiteten Gesetze blieb, so meinte Wohlgemut, der ein Jurist werden wollte.

Die „Meinung" war in der Juristerei überhaupt ein wichtig Ding, und hieran hatte der Tugendfreund kräftig herumzudenken. Denn die „Meinung" war für ihn streng vom „Wissen" zu trennen. Dieses lehrten die Philosophen, dort sprachen sie von „doxa" und „epistemä". Der Philosophie ging es um Wissen, nicht um die Meinung der Menschen. Denn die Meinung ist bloß subjektiv und bedeutungslos für jede wahrhafte Erkenntnis, da sie zahlreichen wandelbaren Faktoren unterliegt, die im Subjekt selber und in der es umgebenden Scheinwelt begründet liegen. Das Wissen aber ist rein von diesen variablen Faktoren und hat damit ewigen Bestand. Die Rechtsgelehrten sprachen gleichsam verkehrtherum. Sie drehten die Welt der Philosophen, so wie sich Wohlgemut nach dem Anruf seines Kollegen im „Roten Hahn" drehen sollte, damit er der langen Tafel mit den Musensöhnen am Bierseidel gewärtig würde. Die Juristen erklärten die Meinung zum eigentlich Bedeutsamen, mit dem die Welt, gemeint war wohl die juristische Welt, steht und fällt. „Fiat iustitia, pereat mundus", vielleicht meinte der vergangene Kaiser auch dieses mit seinen Worten? Wohlgemut wusste es nicht, er wusste nur, dass er sich unter zwei bis vier Meinungen in Bezug auf einen Paragraphen und dessen Anwendung bzw. Auslegung zu entscheiden hatte, dieses war nach seiner Auffassung das juristische Handwerk. Wie er sich entschied, wäre ihm freigestellt, so meinte er.

Sommerfrische

Es pfiff Peitschenknallen durch die Luft und es stampften Hufe auf steinigem Boden mit Gras wie Moos. Eine kleine Kolonne von vier Equipagen schlängelte sich eine Landstraße entlang wie ein Lindwurm durch den Klee. Ihr Ziel war ein weitgehend unbekannter See mit Teichrosen, der im Umland der großen Stadt lag. Es war noch früher Morgen, doch es war nicht kalt, denn es war hoher Sommer. In den Kutschen saß eine munter plaudernde Gesellschaft von Studenten des Rechts und zwei ihrer Professoren. Das Semester hatte geendigt und die Fakultät hatte zu einer Sommerfrische geladen. Bei dieser Einladung erinnerte sich Wohlgemut der Bildungsreisen der Doktoranden mit ihren Lehrmeistern, deswegen hielt er es für besser, jetzt auch eine Reise zu tun, wenn auch nicht als Promovierender, so doch als Studierender. Urheber der Reise war der dem Leser bekannte Dekan. Ihm sei es daran gelegen, eine Universität der Begegnungen wie er es nannte aufzubauen. Er selber konnte wegen einer Forschungsarbeit zwar an der Ausfahrt nicht teilnehmen, dafür aber zwei befreundete Kollegen, die das öffentliche und bürgerliche Recht vertraten. Die Lerchen stiegen aus den umliegenden Wiesen singend empor, die Pferde ließen dann und wann ein Schnauben hören und die Gesellschaft vertrieb sich mit Kartenspielen die Zeit. In jeder Kutsche hatten vier Personen zuzüglich des

Kutschers Platz genommen, sodass 14 Studiosi und zwei Professoren im Takt der Hufschläge auf ihren Sitzen wippten. Am späten Nachmittag war der Weiher erreicht. Der See dehnte seinen blauen Spiegel über einige hundert Meter und wurde stellenweise von Trauerweiden gesäumt, welche ihre belaubten Äste in das Wasser des Ufers tauchten, als wollten sie trinken. Am Ostufer, der Nachmittagssonne entgegengesetzt, stand ein Holzhaus mit zwei Stockwerken und einem Reetdach. Hier hinein trugen die Ankömmlinge ihre Taschen und Koffer. Die Kutschen wendeten, um zu einer Relaisstation zu fahren und die Nacht dort zu verbringen, bis sie den Heimweg in die große Stadt antreten konnten oder andere Fuhren übernahmen.

Die Zimmer waren nicht komfortabel aber anständig zu nennen. Es gab einen Speisesaal und eine Küche, denn die Versorgung musste selber übernommen werden. Den Schlüssel zu dem Gebäude hatte einer der Rechtslehrer in Verwahrung. Die Einteilung der Unterkünfte war den Erholungssuchenden selber überlassen und ging ohne Vorkommnisse vonstatten. Wohlgemut hatte sich mit einem ihm unbekannten Studenten im Obergeschoss einquartiert. Es gab zwei Schlafstätten, einen Schrank aus Fichtenholz und einen Waschtisch mit zersprungenem Spiegel, in dem unser Ankömmling sich gar nicht wiedererkennen mochte. Der Blick auf das Gewässer war ihnen nicht gegeben, sie blickten auf die zuführende

Straße, die sie hierher gebracht hatte. Da es Abend wurde und man noch nichts Rechtes während der Fahrt zu sich genommen hatte, versammelten sich alle Beteiligten eilig in dem Speisesaal und beratschlagten über das Abendbrot. Hier ging es nicht ganz so gesittet zu wie bei der Belegung der Räumlichkeiten. Doch der Hunger gemahnte zur Eile, und so stand nach einer guten dreiviertel Stunde ein dampfendes über Holzkohle gewärmtes Mahl auf der großen runden Tafel ohne Tischtuch. Die Frösche quakten hier wie bei dem Hause, in dem er aufgewachsen war und so dachte Wohlgemut an die Heimat, an den Fluss, den Holzkäfer und die Eltern. Bei diesen Gedanken war er froh, den Philosophieprofessor nicht als seinen Doktorvater bezeichnet zu haben. Er war auch froh, dass er den „Roten Hahn" ohne ein Wort und ohne sein Gläschen gelehrt zu haben verlassen hatte. Nur ob er froh sein sollte, hier an diesem Ort zu verweilen, dieses konnte er nicht ergründen.

Am nächsten Tag erschien die Brauereikutsche mit ihren Kaltblütern. Nur seltsam war, dass sie keine Fässchen führte, sondern kleine Kisten geladen hatte. Die Professoren legten selber mit Hand an, um die Lieferung in das Haus zu schaffen. Nach getaner Arbeit nahm man ein kollektives Bad im See. Zum folgenden Mittagsmahl standen Weinflaschen auf dem Tisch. Diese mussten in den Kisten gewesen sein. Wohlgemut, dem das Nippen an dem Biergläschen im Wirtshaus am Hafen im November nicht gut bekommen war, enthielt sich des Genusses des weißen und roten Traubensaftes, er hielt sich an schlichtes Wasser, welches in hölzernen Tonnen am Hause bereit gehalten wurde und in Karaffen zum Verdünnen des Weines auf dem Tische stand. Die Studenten grinsten fasst so breit wie der Gassenjunge im Hafenviertel, der die Katze zu einem Luftsprung mit seinem Fußtritt veranlasst hatte, als sie die Enthaltsamkeit ihres Reisegefährten bemerkten. Die Professoren beachteten Wohlgemut gar nicht, so schien es. Am Nachmittag und Abend saß man nun beisammen, um über juristische Fragestellungen zu sprechen; aber es sprachen eigentlich nur die universitären Reisebegleiter. Auch hierbei fehlten nicht die Flaschen des Brauereigespannes, allerdings fehlten die Wasserkrüge. Der Professor des bürgerlichen Rechtes hatte begonnen, über die Bedeutung der Gerichte für das Rechtssystem zu sprechen. Er verbreitete sich über Rechtsgestaltung durch Urteilssprüche und die Fixation von Auslegungsschemata bezüglich einschlägiger Paragraphen. Der Richterspruch sei überhaupt eine der Säulen des Rechts. Bei diesen Worten fielen Wohlgemut die wandelnden und gekrümmten Säulen in männlicher Karyatidenform im Palast der Justiz am Platz der Tugenden ein. Richtig, dort gab es Richter, alles wollte zu ihnen und alles hing von ihnen ab. Natürlich, sie waren die maßgebenden Säulen dieses Gebäudes, das war sein architektonisches Prinzip, wonach Wohlgemut gesucht hatte. Aber die Richter standen nicht festgefügt auf einem Sockel aus Stein ungebeugt und aufrecht wie die bürgerlichen Tugenden. Sie waren variabel und beweglich, das kam daher, weil sie Menschen waren, und nicht von Menschen in Stein gehauen worden sind. Sie konnten ihren Standpunkt verändern und so die Gänge, Wege und Portale im Justizpalast verändern, öffnen und schließen. Sie konnten aber auch unter der Last des Bauwerkes zusammenbrechen und so die gesamte Statik gefährden. Sicher, die Statuen konnten sich ebenfalls nicht Atlas an Kraft und Stärke vergleichen, der die ganze Welt stemmt, doch über ihnen wölbte sich der blaue Himmel, sie waren frei und unbedrückt, nicht gekrümmt, deswegen standen sie aufrecht da, ohne eine Menschenseele zu gefährden. So kam der Urteilsspruch auch nicht aus den versteinerten Mündern der Tugenden, sondern von Richtern aus Fleisch und Blut mit allen Schwächen des Fleisches und des aufwallenden Blutes. Nicht das Gesetz sprach wie es Wohlgemut geglaubt hatte, sondern der Mensch, der juristisch ausgebildete Mensch, mit allen seinen Vorlieben und Neigungen mit seinen Freundschaften und Beziehungen mit seinen Interessen und Besitzständen mit seinen Ansichten und seiner politischen Gesinnung.

Das war wie eine Ohrfeige für Wohlgemut, er dachte an Objektivität, die er in Form der tugendsamen Objekte auf dem Gerichtsplatz, die sich um den wasserspendenden Brunnen versammelt hatten, gefunden zu haben glaubte. Nun sollte das ganze Rechtssystem auf Subjektivität gegründet sein in Gestalt der Richter und ihrer Schergen sowie Adepten? Für unfassbar hielt es unser Sommerfrischler, nein, das konnte nicht sein, denn dann gäbe es kein eigentliches Gesetz und kein Recht, an das man sich halten könnte, auf dem man sicher sein Leben gründen dürfte, nein, es gäbe nur von Interessen und Meinungen geleitete Subjekte, die es geschafft hatten, sich so zu bilden und formen, dass sie die Schlüsselstellung in der Architektur des Rechts einnehmen konnten und das Justizgebäude durch ihre freie Beweglichkeit nach ihrem Gutdünken umgestalteten. Sie hatten sich geformt oder formen lassen. Ja, ein Bildungsgang, das war eine Formung. Der Charakter und der Geist eines Studierenden wurden durch die Ausbildung, durch die Ausbilder geformt. Man konnte diese Prozedur auch lernen nennen, man lernte sich so zu formen, dass möglichst eine Passgenauigkeit, eine Kongruenz zu den Nischen hergestellt werden konnte, die eine bestimmte Berufsposition bedeutete, sei es nun Richter, Anwalt oder Doktor der Philosophie. „Was ein Häkchen werden will, das muss sich bei Zeiten krümmen" dachte Wohlgemut, ja, all die Juristen und

Doktoren mussten sich bei Zeiten gekrümmt haben, damit sie jetzt in Amt und Würden waren. Der Grad und die Eigenheit der Krümmung wurden von den Nischen bestimmt, in die sie gestellt wurden. Aber wer stellte sie dort hinein und wer bestimmte die Form der Nischen? Es war die große uns stolze Stadt mit ihren Architekten und Baumeistern. Die Architekten aber waren staatlich, es war die Stadt, der Staat selber, die Regierung und die Verwaltung, diese bestimmten, welche Nischenform für welchen Beruf vorgesehen war.

Wohlgemut musste unwillkürlich an eine seiner ersten Philosophievorlesungen über Platon denken. Dort verglich der Vortragende die Ideen Platons mit Urformen, nach denen alles auf dieser Welt Existierende mehr oder weniger gelungen ab- bzw. nachgebildet werde. Die Nischen dünkten Wohlgemut wie die Urformen, die Ideen, zu sein, in die das Material des Lebens auf dieser Erde hineingedrückt wird. Die Ideen nun seien göttlichen Ursprungs, die Idee des „Guten" wäre die oberste der Ideen und alle anderen darauf ausgerichtet. Wenn die Beherrscher der großen Stadt die Nischen für Berufe schufen, und die Nischen wie Ideen waren und die Ideen von Göttern geschaffen würden, so benahmen sich nach Wohlgemuts Auffassung die Stadtväter wie Götter. Sie schrieben den Krümmungs- und Torquierungsgrad der Häkchen vor, damit sie eine Berufsnische ausfüllen könnten. Warum die

Regierungsoberhäupter und Gesetzgeber dann die Tugenden auf dem Gerichtsplatz nicht auch eingenischt hatten, konnte sich unser Grübler nicht denken, vielleicht, weil sie nicht gekrümmt waren, sondern aufrecht und gerade dastanden, somit waren sie keine Häkchen, die einer Nische bedurften. Das Aufrechte und Gerade ist an sich und braucht keine Formvorschrift, außerdem ist eine Tugend kein Beruf und daher benötigt sie keine Nische, so mochte die Obrigkeit gemeint haben. Es kam hier also auch auf die Meinung an wie bei den Juristen, nur eben auf die Meinung der Herrschenden. Dass „Meinung" und „Herrschaft" aber nicht Zweierlei, sondern Einerlei sei, das erfuhr Wohlgemut in dem anschließenden Vortrag des Professors für öffentliches Recht, der die Reise an den kleinen See begleitete und dem Auditorium empfahl, die Augen weit zu öffnen, wenn es zu den Prüfungen in das Examen gerufen würde. Dieses erinnerte den aufgeregten Wohlgemut an die Doktoranden der schönen Künste; hier gab es bei aller Unterschiedlichkeit etwas Verbindendes zwischen den Fakultäten des „Wissens" und des „Meinens". Die Prüfer und Ausbilder wären als Wundertierchen zu bestaunen und zu betrachten, denn sie waren die Herrschaft, wonach sich die Meinung zu richten hatte, auch wenn es um das „Wissen" ging.

Die Gerechten

Als der Herbst Einzug in das Land und die große Stadt hielt, schlich Wohlgemut durch die Gänge der juristischen Fakultät. Er schlich, weil seine Studienergebnisse nicht auf ein Examen hindeuteten, in dem man hätte die Augen weit aufschlagen können. Er hatte ordentlich subsumiert und in den Kommentaren recherchiert, Meinungen exemplifiziert und argumentiert, doch ohne Erfolg. Woran es liegen mochte untersuchte der praktisch-kritische Verstand unseres Protagonisten, als ein Mann mit scharfgescheitelten blonden Haaren und randloser Brille auf ihn zukam. Ohne Zweifel, das war der Dekan, der ihm einst die Bescheinigung ausstellte, welche ihn die nun so fruchtlose juristische Laufbahn einschlagen ließ. Wohlgemut wollte den Entgegenkommenden gerade seinen Gruß entbieten, als dieser ihm mit den Worten „Unglaublich rotzige Fresse!" zuvorkam, dem so Titulierten verschlug es dennoch nicht ganz die Sprache und er respondierte unwillkürlich: „Unglaublich dicke Brillengläser!" Nach diesen Grußworten trennten sich Lehrer und Schüler, so wie sich zwei Turnierritter trennen, wenn sie in der Mitte der Schranken ihr Schilde mit den Lanzen nur tuschiert hatten, ohne den Gegenüber zu Fall gebracht zu haben. Wohlgemut meinte zumindest, nicht gefallen zu sein und schritt fürbass.

Die nächste Arbeit fiel wieder schlecht aus, und er hatte wieder, wie auch schon zuvor nicht die herrschende, sondern die Mindermeinung vertreten. An dem Testat hing ein Kuvert. Es wurde geöffnet und der Adressat las:

„Bitte erscheinen Sie in zwei Wochen in Begleitung Ihres Vaters in dem Büro des Dekans der hohen juristischen Fakultät um 12.00 Uhr."

Erstaunen breitet sich über das Antlitz des Lesers aus. Die Invitation könnte mit den andauernd schlechten Ergebnissen zusammenhängen, sie könnte mit den herrschenden und Mindermeinungen korreliert sein, oder, ja oder sie könnte mit dem Lanzengang zwischen Dekan und Discipulus Verbindung haben, denn es wurden ein Mundwerk in schlechter Konstitution mit verglasten Augen ausgetauscht, dieses war nicht Usus an der Universität. Aber warum sollte der Vater von weit her in diese Stadt zu dem Dekan der Juristen kommen? Dieser hatte keine Arbeiten geschrieben und folglich wurde auch nicht nach seiner Meinung in den Ausarbeitungen gefragt. Der Adressat des Briefes war zögerlich in seiner Entscheidung, aber schließlich schickte er eine Eilpost an das elterliche Haus an dem kleinen Fluss, in dem jetzt die bunten Blätter der säumenden Bäume, es waren vornehmlich Ahornbäume und Kastanien, schwimmen mussten. Der Vater erbrach den Brief, den er sofort an dem Siegel mit dem Holzkäfer als ein Schriftstück seines Sohnes erkannte, und las die eindringlichen Zeilen des Zöglings. Der Vater hieß den Knecht die Pferde anschirren. Er kleidete sich in den Sonntagsrock und nahm wenig Gepäck mit auf die Fahrt. Seine Frau hatte ihn verproviantiert und so rollte er der großen Stadt in munteren Trapp entgegen. Er hatte kein Auge für die in allen Farben leuchtenden Wälder am Wegesrand. Auch das altbekannte Lied der Wildgänse, die nach Süden zogen, fand keinen Eingang in sein Bewusstsein, er blieb für sich mit seinen Sorgen. Für ihn war nur der Gedanke an den Sohn von Bedeutung, der ihm in dem Brief kaum erklärt hatte, warum er denn nun so eilig in die Stadt kommen solle, was er aus freien Stücken nicht tun würde. Denn die Stadt war dem Vater verächtlich, das wusste der Sohn.

Ein kalter Regen überfiel das reisende Gespann, die Rosse schnaubten, dampften und schienen ermüdet. Die Hoffnung galt nun dem Nahen der nächsten Relaisstation. Ohne in das Wirtshaus der Station auf eine Erfrischung einzukehren, wurden die Pferde eilig gewechselt. Schon ließ sich der trabende Takt von unbeschlagenen Hufen wieder hören, er war nicht so hart wie der der eigenen Tiere, die mit Eisen gingen, das war dem auf die Stadt Zueilenden angenehm, denn so konnte er ungestörter seinen Gedanken nachgehen. Dort zeigte sich endlich in der dunstigen Ferne der graue große Strom als Vorbote der nördlichen Stadt, die nach der

Meinung des Vaters drohte das ganze Umland im weiten Kreise mit ihren Manufakturen und Dampfmaschinen zu verschlingen. Aber nun war ihm dieses Gewirr aus Stein und Holz nicht mehr so unangenehm, da er seinen Sprössling dort finden würde. Die Vorstadt war trauriger denn je, jetzt im Herbst, denn dort stand kaum ein Baum oder Strauch, alles war schiefen Holzhäuschen und Gemüsebeeten gewichen. Aber auch diese Tristesse rührte die Reisenden nicht, nicht Pferd noch Kutscher, nein, es gab nur ein bohrendes „Warum?". Warum bin ich gerufen worden? Warum ist mir der Grund nicht genannt? Warum ist es unaufschiebbar? Bei dem letzten „Warum?" bog das Gespann auf eine der großen Straßen ein, die sternförmig auf das Zentrum der Metropole zuführten. Jetzt hieß es Erkundigungen nach dem Weg einholen, denn der Vater war nur selten und kurz zu Geschäften in dieser Stadt gewesen und er kannte ihre Wege und Plätze daher kaum. Nun, am Abend, hielt die Kutsche vor dem Gasthaus mit Wohnungen, in dem der Sohn lebte. Die Wirtsstätte war jetzt schon recht gut besetzt, daher roch es nach allerlei Mahlzeiten und Spirituosen. Diese Eindrücke beschleunigten nur den eiligen Gang des Vaters in den ersten Stock die Treppe hinan, den er nach einer kurzwortigen Befragung des Wirtes unternahm.

Auf ein Pochen wurde die Tür aufgetan, doch der Vater glaubte, falsch geklopft zu haben, denn er konnte in dem

Öffnenden beim besten Willen nicht seinen Sohn erkennen. Er stellte zwar in Rechnung, dass einige Jahre in einer großen Stadt sowie das Studentenleben an einem jungen und prägbaren Menschen Veränderungen geschehen ließen, doch einen anderen Menschen, so hoffte der Ankömmling, konnten sie doch nicht aus einem braven Charakter schreinern.

„Womit kann ich dienen?", fragte der Unbekannte. Als Wohlgemut die Stimme des antwortenden Vaters hörte, sprang er zur Tür und führte den Erwarteten in die Wohnung, indem er den Landarbeiter, welcher dem Vater die Tür geöffnet hatte, fast zur Seite stieß. Man setzte sich zu dritt an den Tisch, lachte, aß und trank; hierbei war die Freude über das Wiedersehen so groß, dass ein „Warum?" sich gar nicht einstellte. Erst als dem Vater der Ring mit dem Holzkäfer eine Erinnerung an das Schreiben mit dem Siegel gab, änderte sich schlagartig sein Gesichtsausdruck und er sagte:

„Nun mein Sohn, Du bist doch schon ein halber Rechtswissenschaftler, da hättest Du mir in Deinem Brief aber besser Auskunft über den Zweck dieses Zusammentreffens geben können; Deinen Klienten als Rechtsanwalt werden nicht solche Schreiben zugestellt werden können, dann hättest Du bald keine Kundschaft mehr."

„Tja", sprach Wohlgemut, "mit der Wissenschaft ist es gar drollig. Ihr einziger Gehalt und ihr tieferes Wesen scheinen in dem Kunstgriff des Zitierens beschlossen zu sein. Zwar erheben schon die Literaturwissenschaftler den Anspruch, das Zitat erfunden zu haben, jedoch machen ihnen den Titel eines Erfinders die Rechtswissenschaftler streitig, denn auch ihre Wissenschaft scheint allein in dem Sammeln von Zitaten aus sekundärer Literatur, seien es nun Kommentare, Festschriften, Lehrbücher oder Urteilssammlungen, zu bestehen. Jedoch verlegen sich die Juristen nicht darauf, wörtlich getreu der sekundären Literatur zu zitieren wie es die Literaten tun, nein sie sprechen das Zitat frei in ihren Worten so aus, dass es den Sinn, den die Zitierenden im Text finden wollen, in der Mundart ausdrückt, dass es ihren Zwecken gemäß werde. Das Subsumieren ist nicht eigentlich eine Wissenschaft, es ist eine bloße logische Folge des Schließens, welche dem Außenstehenden den Eindruck vermittelt, es sei mit zwingender, objektiver Logik das Rechtsproblem gelöst, nach dem syllogistischen Schema: Obersatz, Prämisse, Definition, Konklusion. Man möchte nicht in den Geruch kommen mit subjektivierten Zitaten zu arbeiten und zu rechten, welche häufig nur noch wenig mit ihrem Ursprung gemein haben, und je nach Autor sogar gegensätzlichen Gehalt in ihren Abwandlungen haben können, obschon derselbe Grundgedanke verwendet worden ist. Ein Syllogismus ist eben eine schlechthin leere Form, eine Hülse wie es schon die Philosophen lehrten, die so zu dem Schlusse kamen, dass der Mond aus grünem Käse bestünde, denn der Käse sei rund, grün und habe Löcher, so sei alles, was rund, grün und löcherig wäre grüner Käse; der Mond nun sei rund, grün und löcherig, ergo bestünde er aus grünem Käse – Das ist Logik, das ist ein Syllogismus. In diese leere Hülse kann also jeder beliebige Inhalt gepfropft werden. Und aus einem dergestalt aus objektiver Hülse und subjektivem Gehalt zusammengefügten Samenkorn können die unerdenklichsten Gewächse sprießen. Wenn zu dieser Subsumptionspflanze noch der nachfolgende Meinungsstreit über den Sinn, Gehalt und Zweck des logischen Schlusses oder anders gesprochen die Natur des Samenkorns schriftlich hinzu addiert wird, indem man mit sich selber argumentativ debattiert, dann gibt es Ergebnisse, die soweit von der eigenen Natur des Schreibers geprägt sind, dass die Objektivität der Hülse nahezu völlig verloren geht. Der Keimling sprengt in seiner Entwicklung die Umhüllung vollständig und begräbt sie unter sich, um seine radikale Subjektivität, Zweck- und Meinungsgerichtetheit zu entfalten. Nein, wo die Wissenschaft hier verborgen sein sollte, dieses habe ich bis heute nicht lernen können, daher müssen Sie meine mangelnde Erklärung als nur halber Rechtswissenschaftler entschuldigen."

Der Vater verstand nicht recht und wurde ungeduldig: „Warum bin ich hier?" „Weil der Dekan der juristischen Fakultät Sie und mich geladen hat; weshalb kann ich nicht mit Bestimmtheit sagen, vielleicht wegen meiner unzureichenden Leistungen, vielleicht aus einem anderen Grunde."

Den anderen Grund, den Turnierritt, verschwieg Wohlgemut, denn es war ihm unangenehm, eine ausgetauschte Verbalinjurie zuzugeben, obwohl er bei genauerer Untersuchung des Sachverhalts kein Unrecht in einer mit den Tatsachen übereinstimmenden Aussage über dicke Brillengläser finden konnte. Der Landarbeiter schenkte allen noch einen heißen Hagebuttentee ein und schickte sich an, dem Gast eine Unterkunft in dem Wirtshause zu besorgen, denn dieses hatte der Reisende in seiner Hast verabsäumt. Der Termin für das Sechsaugengespräch lag noch zwei Tage hin. So holten sie denn gemeinsam das schmale Gepäck hinauf und empfahlen sich einander auf den nächsten Morgen. Die Worte des Sohnes hallten noch des Nachts im Gemüte und ließen weder den Neuankömmling noch den Landarbeiter rechte Ruhe finden. So fragte der Vater am Frühtisch:

„Was ist mit dem Gesetz, ist dieses auch eine unerdenkliche, subjektive Schöpfung des juristisch tätigen Menschen, eine noch nicht gesehene Pflanze, die den Zwecken und Zielen des Urhebers dient, indem sie ihm Nahrung verschafft; oder besteht es etwa aus grünem Käse?" Wohlgemut dachte nach, er dachte an den Justizpalst, an den Dekan, an die Professoren bei der Sommerfrische und an die Tugenden auf dem Platz mit dem quellenden Brunnen, der lebensspendendes, reines Wasser hervorbrachte, ohne dass es von jemandem so recht beachtet wurde. Er wollte beginnen von den Statuen und ihren allegorischen Bedeutungen zu reden, aber es gelang ihm nicht, statt dessen sprach er so:

„Das Gesetz ist wie ein Humus, in ihm und auf ihm sprießt alles Lebensnotwendige, so wie zu Hause bei uns alles auf den Äckern wächst, was die Bauern säen und was sie im Herbst ernten wollen, allerdings gedeiht nicht jede Frucht auf jedem Boden. Sie wollen ernten, was sie zum Leben brauchen und was guten Gewinn verspricht, denn Geld, das brauchen auch sie zum Leben. Deshalb braucht es gute Nährböden, damit vielerlei Feldfrüchte zahlreich gedeihen. Doch jeder Acker mit noch so gutem Boden ist einmal verbraucht, er muss gepflügt, geeggt und gedüngt werden. Dünger und Gerätschaften zum Unterpflügen sind nicht umsonst, diese müssen von dem Erwirtschafteten gekauft werden. So ist es mit den Gesetzen, sie sind die Lebensgrundlage der Juristen, Handelsherren und Manufakturbesitzer, aber auch des Volkes, je nach ihrer Zusammensetzung verschaffen sie unterschiedlichen Gruppen von Menschen Gewinn und schaffen Geld. Doch wenn sich die Verhältnisse im Land und der Welt ändern, dann ist das Gesetz verbraucht und es bedarf einer Anpassung oder gar einer neuen Ordnung, diese bezahlen die Begünstigten mit ihren Stimmen und Geldern für die Bürgermeisterkandidaten und Gesetzgeber oder gar für das Militär, das die neue Ordnung der Gesetze durchsetzt, damit Veränderungen eintreten können, oder aber durch veränderte Gesetze die alte Ordnung aufrecht erhalten werden kann, damit die Wenigen, die den Ernteertrag bisher hatten, so weiter wirtschaften können wie bisher. So geben sich die Juristen selber ihr Recht, denn sie sind es zumeist, die in der Ratsversammlung die Gesetze diktieren, so wie der kluge Bauer seinen eigenen Dung für das Feld herstellt. So dient das Gesetz wie der Humus dem Zweck des Überlebens, dieses wie jener schaffen Brot und danach wird der Humus, aber auch das Gesetz ausgewählt, nur dass das Brot in unterschiedliche Teile geschnitten und so verteilt wird"

Der Vergleich mit der Bauernwirtschaft leuchtete dem Landarbeiter ein, nur der Vater war mit dem Schluss nicht ganz zufrieden, denn danach kauften sich die Juristen zumindest den Dünger zum Ackern selber ab, wenn er an den Bauernvergleich mit Gerätschaft und Dünger dachte. Dieses war paradox, da es entweder keinen oder doppelten Gewinn versprach, ganz nach

Betrachtungsweise. Er entschloss sich aber, nicht weiter in seinen Filius zu dringen und nahm sein Frühstück.

Als es zwölf schlug, betraten unsere beiden Gäste das Geschäftszimmer des Dekans. Die wohlbekannten bebrillten Augen ruhten auf dem Gesicht des einbestellten Studenten. Da ergriff der Vater das Wort: „Mein Sohn und ich sind Ihrer Einladung gefolgt, doch sind wir nicht sicher, weshalb wir Gast bei Ihnen sein dürfen." „Wohlgemut", sagte der Dekan, „Sie studieren bei uns nun schon einige Zeit, meinen Sie, etwas gelernt zu haben? Es gibt Repetitoren, ich aber habe nie einen besucht." „Repetitoren? Diese werden doch von allen erst nach Beendigung des Studiums in Anspruch genommen, was sollte ich da schon jetzt einen aufsuchen?" Der Vater machte große Augen, da er von Repetitoren noch nie etwas gehört hatte, aber er schwieg dazu. „Nun ja, es geht hier eben nach Leistung, was meinen Sie leisten zu können?", erwiderte der Dekan. „Ich meine nicht Richter oder Anwalt des Staates zu werden, aber ich gedachte mich als Advokat zu verdingen. Eine Räumlichkeit hierfür hätte ich schon an der Hand, es fehlte nur noch an dem Abschluss." In der Tat hatte sich durch eine studentische Bekanntschaft eine Lokalität aufgetan, die für einen Anwalt tauglich gewesen wäre. „Da muss ich Ihnen sagen, dass ich den Eindruck habe, dass Sie Ihr Studium nicht immer von der richtigen Seite beginnen." Diese Äußerung des Dekans klang schon weniger freundlich in den Ohren unserer beiden Gäste, aber der Vater schwieg wiederum, denn er kannte sich in den Dingen eines juristischen Studiums kaum aus; so stellte sich in seinen Gedanken erneut das große „Warum?" ein. Er konnte sich jetzt fast noch weniger als vorher denken, warum er zu dem Gespräch zusammen mit dem Sohn geladen worden war. Die Äußerung des Ladenden betrafen alle seinen Sohn und nur dieser konnte dazu Stellung beziehen. „Ich bemühe mich, das Gelernte anzuwenden und die Gesetze sind mir vertraut, nur die Urteile der Gerichte vermag ich nicht im vollen Umfange zu verarbeiten. Aber ich hoffe, es ändern zu können." „Dann will ich Sie nicht daran hindern!", sprach der Dekan. „Eh es vergessen wird, es hat mit unserer kleinen Zwistigkeit auf dem Gang doch nichts Ernsteres auf sich? Die Bemerkung über die Brille rutschte mir gerade so heraus." „Nein, so etwas vergisst man ja wieder", antwortete der Angesprochene, „darüber brauchen Sie sich nun wirklich keine Sorgen zu machen." Sohn und Vater, der kein einziges Wort nach der Begrüßung mehr gesprochen hatte, verabschiedeten sich und gingen zu ihrer Behausung.

Der Landarbeiter empfing sie neugierig, aber er stellte keine Fragen, er dachte, die Rückkehrer würden sich schon selber offenbaren. Aber nein, es wurde nichts über das Gespräch in der Universität mitgeteilt. Vielmehr wurde die Rückreise des Vaters, der neue Goldstücke für den Sohn daließ, vorbereitet. Der Abreisende wusste nun immer noch nicht recht, warum er die lange Fahrt unternommen hatte, aber er kutschierte erleichtert ab, denn er glaubte, dem Sohne geholfen zu haben, indem er der Aufforderung des Dekans nachgekommen war. Für Wohlgemut standen die nächsten Übungen und Arbeiten an. Er nahm sich vor, die Urteilssammlungen zu beherzigen und die herrschende Meinung argumentativ auszuwählen. Dieses allerdings nur, sofern sie nicht seinen Grundüberzeugungen entgegenstand. Sonst hätte er fürchten müssen, vor dem unbekannten Gerichtshof seines Gewissens stehen zu müssen, und das wollte er auch für eine Berufsausbildung nicht riskieren, wenn zu erwarten stand, dass er schuldig gesprochen werden würde. Weiterhin meinte er, es doch ein Weniges mit dem Dekan verdorben zu haben, und beschloss daher, keine seiner Veranstaltungen zu besuchen, sondern andere Professoren für die Arbeiten und Übungen auszuwählen. So ähnlich war er auch bei den Literaten und Philosophen verfahren. Denn auch dort hatte es Scharmützel mit dem Lehrkörper aus unterschiedlichen Anlässen gegeben. Aber es wurde immer eine Möglichkeit gefunden, diese Klippen zu umschiffen, indem er einen anderen Professor aufsuchte, der ein ganz neuer, eigener Zaunkönig war und sein eigenes Liedchen pfiff.

Dieser ließ den Seefahrer in der Regel, ohne ihn schiffbrüchig werden zu lassen, passieren. So sollte es auch in der Juristerei gehen können, es wäre jedoch töricht, genau den Professor zu besuchen und um ein Testat zu bitten, dem man eine starke Lesehilfe verschrieben hatte, ohne Arzt zu sein. Nein, eine Konfrontation wollte unser Studiosus nicht, denn er war kein Michael Kohlhaas, der das Unrecht auch Biegen und Brechen bis in das letzte Glied verfolgte. Er hielt dagegen den Satz: „Minima non curat praetor." Für stichhaltig und verfuhr danach. Eine gewisse Großzügigkeit lag in seinem Wesen, zumal er das Maß seiner eigenen Schuld an unliebsamen Sachverhalten geneigt war, peinlich genau zu bestimmen und dem altera pars eher etwas von den Schultern zu nehmen.

Dieses Prinzip war auch ein Ausfluss des unbekannten Gerichtshofs, dem er sich ständig unterworfen fühlte. Diese Unterwerfung stellte aber kein Gefühl der Bedrückung oder gar Unterdrückung dar; sie war nur ein lenkendes und leitendes Motiv, welches bei Abweichungen auch Sanktionen aussprechen konnte. Der Grundsatz dem anderen Ich großzügig und wohlwollend gegenüberzutreten könnte man für christlich halten, aber ob Wohlgemut ein Christ war, darüber war er selber im Zweifel. Denn wer die Philosophie studiert, muss unweigerlich darauf stoßen, dass das Kerngedankengut der Christen bei Philosophen angelegt ist, die älter sind als Christus. Die Kirche und ihre Kirchenväter taten allerdings bei der Begründung und Herleitung der christlichen Lehre, als wären ihre philosophischen Vorgänger Christen gewesen, dabei sind die Kirchenphilosophen, so auch die Scholastiker und Kirchenväter, in Wahrheit Sokratiker, Platoniker, Aristoteliker, Stoiker und anderes gewesen. Die Kirche gebraucht die Gedanken der Altvorderen für ihre Zwecke, macht sie dienstbar und versieht sie mit einem neuen Namen, der eigentlich nur wenig mit ihnen zu tun hat. In diesem Sinne der Dienstbarmachung arbeiten auch die Rechtsgelehrten, die sekundäre Literatur in höchst eigenen Worten als sogenanntes Zitat wiedergeben und es für ihre ganz persönlichen Zwecke einsetzen. Ein neuzeitlicher Philosoph aus Königsberg bezeichnet, wohl auch in diesem Geiste verstehbar, die Philosophie als Magd der Theologie. Er merkte jedoch an, dass nicht sicher sei, ob sie die Schleppe hinterdrein oder das Licht voraus trage. So war Wohlgemut Christ und war es nicht, zu diesem Schlusse kam er zumindest bisher.

In der Schmiede

So schrieb unser philosophischer Christenmensch seine Arbeiten und lehnte sich der Meinung nach bei den Herrschenden an. Den Brillenträger mied er. Zusammen mit einem Studienkollegen besuchte er auf dessen Einladung sogar die schlagende Verbindung, welche architektonisch dem Rechtsgebäude der Universität direkt angeschlossen war. Es ging dort lustig zu, das Bier und der Korn flossen über sprachmuntere Kehlen in Mägen, die angefüllt waren mit Sauerkraut und einem guten Stück Fleisch. Ein dicker Qualm von Zigarren und Zigaretten lag über allem, über den glattpolierten Tischen, auf denen die Gläser glitten, über den Kronleuchtern, die ein mattes Licht warfen und über den Monockeln, welche die Waffen, wodurch sich die Burschen einer Verbindung auszeichnete, peinlich inspizierten, ob sich auch keine Scharte zeigte, oder die Klinge drohte stumpf zu werden.

„Heda", rief es aus einer Ecke, „was stierst Du mich so an?" Wohlgemut erschrak, denn er musste an das Erlebnis mit dem Linkshegelianer aus dem „Roten Hahn" denken. Aber er war dieses Mal nicht gemeint. Der Zuruf galt seinem Gastgeber, der neben ihm ein Literglas Bier bearbeitete. Der so angerufene sprang auf und griff an das Heft seiner Waffe; „Es gilt!", rief er, „macht Platz, wollen sehen, wer hier dumm drein schaut!" In der Mitte der Lokalität, wo eine beachtliche Freifläche war, trafen sich die beiden Kontrahenten mit gezogenen Waffen, die sich für den Betrachter nur schemenhaft im Dunst abzeichneten. Der Fordernde hatte bereits zwei Schmisse an der Wange, der Bekannte Wohlgemuts war noch ungezeichnet. Er hatte die glatte Haut eines Studenten mit mühsam gezüchtetem Pflaum als Stutzbärtchen. Es ward in einen Augenblick still, die munter brodelnden Gespräche verstummten, es schien dafür das Blut in den Adern der Kämpfer zu sieden. Wohlgemut verstand nicht, woran der Streit sich entzündet hatte und warum er so ausgetragen werden musste. Er verstand aber, dass er in eine andere Welt mit anderen Gesetzen eingetreten war, als er begonnen hatte den Rauch zu inhalieren. Es war ihm, als würde diese Szene später in einem Buch vorgeschrieben, und er bestätigte sie nur. Die Welt der Juristen im Rechtshaus mit ihren Gesetzbüchern war davon völlig verschieden, so hatte es den Anschein. Denn in den Gesetzestexten stand nichts von Faust- und Degenkämpfen als Entscheid über unerlaubte Blicke, dort stand nicht einmal, dass Blicke unerlaubt sein könnten. Jedoch war diese Nebenwelt dem Haus und damit der Welt der Rechtsgelehrten unmittelbar angeschlossen. Wohlgemut mochte nicht glauben, dass dieses ein bloßer Zufall sein sollte. Diese Mutmaßung wurde von Erzählungen seines Bekannten über begonnene Richter- oder Staatsanwaltskarrieren, hier in dieser Herrschaftsstätte des Degens, unterstützt. Hier trafen altgediente Juristen mit dem Nachwuchs zusammen, und man lernte sich kennen. Wie konnten zwei so gegensätzliche Welten mit entgegengesetzten Normen einander so bedingen und begünstigen? Er hatte bei den Literaten den „Faust" studiert. So dachte er jetzt an den Schalk, der dem Menschen zugegeben sei, damit er das „Gute" nur umso besser erkenne und nach ihm strebe. Der Schalk wäre sogar eine Kreatur, die das „Böse" wolle, aber stets das „Gute" schaffe. Es gäbe ein Prinzip der Polarität in dieser Welt, nachdem sie aufgebaut wäre und funktioniere. So könnte es auch hier bei der kleinen juristischen Doppelwelt sein. Aber nein, wenn er an den dickbebrillten Dekan der juristischen Fakultät dachte, dann konnte das Haus des Rechtes nicht der gute Pol und die schlagende Verbindung der negative Pol sein. So einfach und platt war die Welt dann doch nicht, dachte Wohlgemut, aber sie war aus „Gutem" und „Schlechtem" gemischt wie es in „Wallensteins Lager" hieß. Dass diese Mischung nicht immer einfach zu erkennen und zu trennen, ja, sogar stetig im Wandel begriffen war, darüber hatte Wohlgemut schon in Betrachtung des „Candide" sinniert. Was aber konnte an dieser Verbindung mit ihren Mützen, Waffen und Kunstwappen Gutes sein? Diejenigen, die zu Richtern und Staatsanwälten geworden waren, oder sonst eine einträgliche Position aufgrund der Bekanntschaften in dieser Institution erhalten hatten, würden sicher nur Gutes in ihr entdecken wollen. Es kam eben auf den Standpunkt an und dieser ist höchst persönlich – so gab es am Ende das „Gute" gar nicht? Das Unwohlsein in der Verbindung ließ ihn diese Frage nicht zu Ende denken. So ging er durch die Nacht in seine Stube, ohne das Ende des Kampfes, den er nicht für ritterlich hielt, abzuwarten. Er hatte sich nicht einmal von dem Einladenden verabschieden können, denn dieser verteidigte noch seine juristische Ehre. Als er allein auf der Straße war, ging es ihm so, als wäre er aus einem Gefängnis in die Freiheit getreten. Nein, an diesem Ort der Schmisse und Monokel wollte er nicht freiwillig zurückkehren, kostete ihn dieses auch seine juristische Laufbahn. In seiner Kammer war es ruhig und die Luft angenehm sauber, es roch nach frischem Baumharz, denn einige schadhafte Bodendielen waren jüngst gegen frisches Holz ausgetauscht worden. Der Landarbeiter schlief schon, und unser Heimkehrer gab sich Mühe, ihn nicht zu wecken.

Den Kämpfer vom Vorabend fand er in dem Speisesaal der Universität mit einer Backenbinde. Es war sein erster Schmiss, nun hatte er den Neulingen etwas voraus und war in der Hierarchie aufgerückt. Der Saal war mit großen Ölgemälden bedeutender Persönlichkeiten der Geistes- und der neuen Naturwissenschaften geschmückt, die von Pilastern aus rötlichem Marmor eingerahmt wurden. Im Bewusstsein seiner neu erlangten Würde grüßte der Verbandträger Wohlgemut nur kurz und forderte ihn zum Platznehmen auf. Das Gespräch entspann sich über den gestrigen Abend und bahnte sich seinen Weg zum allgemeinen Studienverlauf:

„Es ist schön von Dir, Wohlgemut, dass Du zugibst, Dein Studium mir zu verdanken." Der so angesprochene war verdutzt und wusste nicht, was er antworten sollte, denn er hatte keine Vorstellung davon, was gemeint war. „Du erinnerst Dich doch sicher daran, Wohlgemut, ich war es, der Dir die Schriftstücke mit den Prüfungsschemata und Definitionen gab, meine eigensten Ausarbeitungen hierzu, zu Hause mit der Hand niedergeschrieben und für Dich kopiert."

Es war richtig, der Mitstudent hatte seine Vorlesungsaufzeichnungen für Wohlgemut öfter abgeschrieben und ihm überreicht. Das mag seinen Grund darin gehabt haben, dass der freundliche Studienunterstützer häufig in den Vorlesungen neben Wohlgemut gesessen hatte und so beobachtet haben mochte, dass der Kamerad nur wenig in sein Heft schrieb. Wohlgemut seufzte und sagte: „Ja richtig, nochmalig meinen Dank für Deine Dienste, aber ich muss jetzt weiter, um die Einkäufe für das Wochenende zu erledigen." Auf dem Wege zu einem Markt der Stadt dachte der Proviantsucher über das Gespräch mit seinem Kollegen gründlicher nach. Dabei geriet er, was für ihn eine seltene Angelegenheit war, ein wenig in Ärger. Er hatte die Mitschriften dankend angenommen, aber nach einem kurzen Überfliegen in einer Ecke des Zimmers gelagert. Denn der Inhalt war ihm geläufig und bestand nur aus den Gehalten, die er besser und genauer in den

Lehrbüchern der zugänglichen Seminarbibliotheken finden konnte. Dieses war auch der Grund für sein sparsames Mitschriftverhalten. Die Vorlesungen gaben nur das wieder, was in den Büchern nachgelesen werden konnte, man musste lediglich wissen, wo etwas nachzuschlagen wäre. Da er im Gegensatz zu einer guten Hälfte der juristischen Studentenschaft die Vorlesungen und Übungen kontinuierlich und regelmäßig vom Anfang bis zum Ende des Semesters besuchte, hatte er gehört, was zu hören war und wusste demzufolge, was er nachzuschlagen und bei Bedarf in den Büchern zu lesen hatte. Das Einzige, was er durch seine Schreibfaulheit unterschlug, waren die bewussten Gerichtsurteile in Sammlungen, Zeitschriften und Festschriften. Von den vortragenden Professoren wurden dann und wann zu den behandelten Rechtsproblemen und theoretischen Grundlagen Urteile mit Fundstellen angegeben, die nachgeschlagen werden konnten oder besser sollten. Hier machte sich Wohlgemut einer Auslassung schuldig, was sich auch in seinen Arbeiten niederschlug, und das Ignorieren der Richter wurde ihm häufig zum Verhängnis, denn es reichte wie gesagt nicht aus, das Gesetz sprechen zu lassen, nein, man musste ein passendes Gerichtsurteil finden und auf den vorliegenden Fall anwenden, falls nötig argumentativ mit Hilfe der erwähnten subjektiven Zitiermethode in eigener Sprache. So schnitzte man sich etwas zu recht, um so der Meinung des Richters, der herrschend ist, Geltung über das einstmals gefällte Urteil hinaus zu verschaffen. So gab es nicht nur bei den Angelsachsen Fallrecht oder case law, sondern auch hier bei uns, allerdings war es den Studenten in Prüfungen verboten, davon zu sprechen und es so zu benennen, denn die Professoren dozierten unisono, es gäbe kein Fallrecht bei uns, sondern Einzelfall- und Gesetzesrecht.

Die Paragraphen, Meinungen, Argumente und Prüfungsmuster standen Wohlgemut aber zu Gebote, da er sich als Hörer, im Gegensatz zum Schreiber, kaum einer Auslassung schuldig gemacht hatte. Dass die anfänglich nahezu überfüllten Hörsäle nach den ersten drei bis vier Wochen des Semesters fast halbleer waren, lag wohl daran, dass die ersten Arbeiten und Klausuren über die während dieser Zeit behandelten Themen geschrieben werden sollten oder sogar schon geschrieben waren, und eine gute Hälfte der Studiosi schon ihr „Bestanden" in der Tasche hatte. Wohlgemut hatte zwar selten im ersten Anlauf ein „Bestanden" aufzuweisen, dafür verfügte er aber so weit im Gedächtnis über den gesamten Stoff, der während des ganzen Semesters vorgetragen worden war, dass er sich bei den anstehenden Falllösungen mit dem einsehbaren Schrifttum behelfen konnte. Die Ausarbeitungen seines Mitstreiters zog er hierbei nie zu Rate. Er hatte sie eher aus einer gewissen Höflichkeit heraus angenommen und dem Geber den Eindruck vermittelt, sie wären ihm nützlich. Nun schlug diese Höflichkeit in Form von Herabwürdigung zurück. Aber Wohlgemut wollte sich nicht weiter grämen, denn er befand sich vor einer schönen Auslage mit Feldfrüchten, wie sie in seiner Heimat angebaut wurden. Er nahm einiges in seinen Tornister, was er einer alten Bäuerin mit Strohhut für geringes Geld abgekauft hatte. Dann trat er den Heimweg durch enge Gassen an, dabei wurde er von Windstößen, die Regen trugen, begleitet.

Der Zweifel

Unser Marktbesucher war ein wenig aufgeregt, denn zu Beginn der nächsten Woche sollte es zwei Arbeiten, die er geschrieben hatte, zurückgeben. Er wusste nicht, ob er hoffen oder zweifeln sollte, denn im Hauptstudium war er bisher nicht von der Stelle gekommen, allerdings meinte er, den Gehalt zu beherrschen und die einschlägigen Paragraphen auffinden zu können. Am heimischen Herd bereitete er sich eine einfache aber nahrhafte Mahlzeit aus den mitgebrachten Früchten des Feldes, die in seinem Rucksack einige Stellen bekommen hatten und vom Leder des Trageutensils etwas angenommen hatten, sodass die Mahlzeit etwas danach schmeckte. Dazu kochte er einen Tee aus den Hagebutten, die der Vater bei seinem Besuch dagelassen hatte. Schon damals, bei dem Besuch, hatte es

Hagebuttentee gegeben, er war aber nicht gut bekömmlich gewesen, da das Gespräch mit dem Dekan nicht eben erfreulich und aufschlussreich verlaufen war. Wohlgemut wollte aber nicht abergläubisch sein und trank tapfer den Tee aus den roten Strauchbeeren, der in Betrachtung der Juristerei keine angenehmen Erinnerungen mit seinem Aroma weckte. Aber er weckte auch Gedanken an die Heimat auf dem Lande und die Eichkätzchen, die ebenfalls im Herbst Hagebutten sammelten, dabei hatte sie unser Teetrinker schon oft beobachtet. So konnte ein Becher Tee mehr als eine Bedeutung haben. Das Wochenende verlief ohne weitere Besonderheiten, und die neue Woche brach mit ihren Erwartungen und Befürchtungen an. Der Weg zur Universität wurde lang und länger, denn es wurden Seiten- und Umwege eingeschlagen, damit die Schicksalsstunde sich noch etwas verzögere. Die Gassenjungen schienen heute besonders garstig und schadenfroh zu sein, auch die Waschfrauen und Marktweiber in den engen Straßen und auf den kleinen Plätzen grinsten hämisch, so deuchte es Wohlgemut. Es sang auch kein Vogel wie sonst des Morgens in den Winkeln der Stadt, wo es diesen und jenen Straßenbaum oder sogar ein Grünplätzchen gab. Nein, es war eine einzige Trostlosigkeit, aber warum eigentlich? Noch war nichts verloren, noch war alles möglich, noch nichts war entschieden. Doch, es war entschieden von den

Korrektoren, aber unser Stadtwanderer wusste noch nichts davon. So konnte das Unbewusste eine Wohltat sein, wenn es nur nicht diese Ahnungen gäbe. Nach dieser Odyssee durch die Stadt war das Ziel endlich erreicht. Das Portal der Universität war zu dieser Zeit schon lange geöffnet. Die Studenten kamen und gingen, der Pförtner rauchte sein Meerschaumpfeifchen und die Sonne begann ein wenig zu wärmen. So aufgemuntert schritt der Morgenwanderer in die Abteilung für staatliches Recht.

„Wie heißt er?", fragte die dunkle und raue Stimme des Seminarwärters, „Wohlgemut", kam die Antwort, „Welche Gruppe, A oder B?", kam die Frage, „Gruppe B", gab er zur Antwort. Nun hielt er das Traktat in Händen, nun würde es sich entscheiden, nun würde Bewusstsein das Unbewusstsein verdrängen. Dieses ist ein Prozess, den viele Philosophen befördern wollen. Er würde sich bewusst werden so wie das Weltbewusstsein zu sich selber finden sollte. Die irrende, suchende Bewegung würde ihr Ziel finden und zur Ruhe gelangen und nicht weiter in dem Rhythmus von These, Antithese und Synthese immer neue Stufen der Erkenntnis erklimmen. Aber zur Ruhe kam er nicht. Er geriet in Aufruhr. Die gewonnene Erkenntnis rüttelte an den Grundfesten. Er hatte nicht bestanden, seine Auffassung von Recht und Gerechtigkeit war verworfen worden. Aber konnten „Recht" und „Gerechtigkeit" von einem

Studenten des Rechts oder einem Rechtsgelehrten überhaupt in einem Atemzug als Synonyme oder auch nur als Geschwisterpaar genannt werden? Wenn dieses sich so verhielte, müsste er eine weitere Erkenntnis eingestehen, nämlich, dass er ein höchst ungerechter Mensch sein müsse. Wenn Recht und Gerechtigkeit eines und unteilbar sein sollten, und er vor den Augen der gestrengen Rechts- und damit auch Gerechtigkeitslehrern, nicht bestehen könne, so konnte er nicht wissen, was Gerechtigkeit wäre. Damit musste er ein ungerechter Mensch sein, oder das Recht wäre Unrecht – tertium non datur, so lehrte es die Logik des Aristoteles. Sicher, nach dem Wesen der Gerechtigkeit fragte auch Sokrates in den Platonischen Dialogen, sicher, diese Dialoge endeten aporetisch, sicher, weder Sokrates noch Platon gaben vor, zu wissen, was Gerechtigkeit ihrem Wesen nach sei. Aber es war ebenso sicher, er hatte nicht bestanden. Jedoch die Professoren und Korrektoren schienen zu wissen, was Recht und Gerechtigkeit ist. Sie mussten es sogar von Staats wegen wissen, denn sonst könnten sie es nicht dozieren und darüber urteilen. Dass sie der Auffassung wären, ungerechtes Recht zu lehren, konnte Wohlgemut nicht glauben. So mussten Recht und Gerechtigkeit doch wohl eines sein, das nicht trennbar ist, ohne dass es sich auflöst. Die Gerechtigkeit ist eine Tugend. Aber ist Tugend lehrbar? So auch eine Frage des Sokrates. War dieses Recht tugendhaft? So eine Frage des Wohlgemut. Auf dem Gerichtsplatz mit dem Brunnen standen die bürgerlichen Tugenden versammelt und sollten ein fundamentum incocussum, ein unerschütterliches Fundament, sein, auf dem das gesamte Recht aufbaut, in welchem es wurzelt. So musste das Recht denn gerecht sein, denn die Gerechtigkeit war eine der bürgerlichen Tugenden, damit war Wohlgemut ungerecht, weil er in seinen Ausarbeitungen das Recht nicht richtig getroffen und dargelegt hatte. Die Probe auf das Exempel sollte die zweite Prüfung bringen. Hier ging es nicht um das Recht des Staates, sondern das Recht der Bürger untereinander. Es wurde nicht lange gezögert, die Arbeit ergriffen und der Bewertungskommentar gelesen; aber etwas stimmte nicht. Die Unterschrift unter der Arbeit kongruierte nicht mit den Buchstaben der Kommentierung und Notenbegründung. Dieses sah Wohlgemut noch bevor er die Zensur erblickte. Die Schrift der Begründung erkannte er sofort, sie war stark geneigt und spitz, außerdem hatte das „A" die charakteristische Form dieses Schriftzuges des Dekans, überhaupt passte der ganze Duktus zu seiner Schrift. Diese hatte Wohlgemut schon einmal an der Tafel gesehen. Es gab eine Vorlesung über ein Spezialgebiet des Rechtes, dieses Rechtsgebiet hatte sich alleine der Dekan vorbehalten, und so musste jeder Student seine Vorlesung besuchen, um den Hörerschein zu erwerben, der für das Examen notwendig war. Wohlgemut war im Besitz dieses Dokuments, es hatte keine schriftliche Prüfung gegeben, aber der Dekan hatte einiges an die Tafel geschrieben, und so hatte sich die Schrift Wohlgemut eingeprägt, denn sie war besonders. Nun fand er diese Schrift hier wieder auf seiner Arbeit, obwohl diesen Kursus des Rechtes der Bürger nicht der Dekan geleitet hatte, sondern der Kollege von der Sommerfrische. Allerdings war die Subscription aus der Feder des Sommerfrischlers geflossen, nicht aus der des begründenden Dekans. In der Schrift des bekannten Professoren von der Ausfahrt an den See stand dort noch zusätzlich: „Mit Bedenken bestanden". Diese Erfreulichkeit war aber mit kühner Tinte durchgestrichen und daneben stand in der einprägsamen Schrift des Dekans: „Diese Arbeit gilt als nicht bestanden." Da nur die Unterschrift des Reisebegleiters dort stand, galt diese für das „Nicht bestanden", obwohl dieses, genau wie die Begründung hierfür, von einem anderen verfasst worden waren, und zunächst ein „Bestanden" unterschrieben wurde, bevor es sich zu einem „Mangelhaft" durch fremde Hand wandelte, ohne dass diese fremde Hand Anteil an der Ausbildung gehabt hätte. Dieses war Unrecht. Beide Professoren hatten gegen die grundlegende bürgerliche Tugend der „Ehrlichkeit" verstoßen. Ein jeder versteckte sich hinter dem anderen und keiner getraute sich, zu dem zu stehen, was er geschrieben, was er angerichtet hatte. Hier wurde eine Mauer aufgebaut, die kein Student, auch Wohlgemut nicht, übersteigen konnte. Sicher, es gab den

Klageweg gegen Bewertungen, aber Herabsetzung war nichts Unerlaubtes, und wie sollte die unerlaubte Verschränkung zweier Herrschender bewiesen werden, zumal sich einer der Professoren einstmals öffentlich in einer Vorlesung über die „armen Würstchen von Studenten" belustigte, die versuchten, den ihnen zustehenden Rechtsweg gegen professorale Entscheidungen zu beschreiten. Nein, hier war nichts auszurichten. Hier bei den Rechtsgelehrten war es anders als bei den Literaten und Philosophen, hier gab es keine Zaunkönige mit individuellen Ansichten und Urteilssprüchen. Hier bei den Juristen gab es eine Maschinerie, der Lehrkörper baute eine Phalanx auf, wenn er eines seiner Mitglieder beleidigt sah. Wohlgemut hatte beleidigt. Nicht die Brillengläser waren der Unheilscasus. Er lag in verletztem Stolz, man könnte auch sagen, in einer kleinen Eitelkeit. Dieses entnahm Wohlgemut der Verbalinjurie des Dekans. Er hatte ihm ein ungewaschenes Maul, oder besser eine „unglaublich rotzige Fresse" bescheinigt, immerhin dieses Testat hatte Wohlgemut bestanden. Dieses kam nicht von ungefähr, es lag an der Bescheinigung, die sich Wohlgemut auf Einladung des Dekans für die Einstufung in das Hauptstudium geben ließ. Dort hatte der Diktierende von „erbrachten Leistungen" gesprochen. Dieser Terminus musste das Reizwort gewesen sein. Wohlgemut hatte von Bekannten gehört, dass der Dekan immer stolz darauf gewesen sei, als erster Juraprofessor der Stadt ein „summa cum laude" in der Habilitationsschrift verliehen bekommen zu haben. Er hatte etwas geleistet, nicht Wohlgemut. Indem er sich „Leistungen" vom Dekan bescheinigen ließ, hatte er in den Augen des Dekans ein loses Mundwerk bewiesen, das an den Grundfesten der Fakultät nagte. Diese Grundfesten waren in der schlagenden Verbindung deutlich geworden, es galt ein strenges hierarchisches Prinzip, wobei die Jugend vor den alten Herrn zu katzbuckeln hatte. Darüber hinaus hatten die Professoren auf der Sommerfrische von dem zugrunde liegenden Leistungsprinzip des Rechtsbetriebes gesprochen. Da die Professoren aber ganz an der Spitze der Fakultät standen und die alles entscheidenden Richter kürten, standen sie auch an der Spitze der Leistungspyramide. Wie konnte da ein zugelaufener, nein übergelaufener Schöngeist und Wolkengucker von hervorhebenswerten juristischen Leistungen in Bezug auf seine Person sprechen, ja sogar schreiben und unterschreiben lassen. Ein solcher Tonfall wird weder in der Verbindung noch im Rechtsinstitut geduldet, dem musste ein Riegel vorgeschoben werden, und dieser Sperrgurt verwehrte jetzt Wohlgemut den Zutritt zu höheren rechtswissenschaftlichen Ehren.

Heureka

Wohlgemut wurde zwar kein Jurist, dafür glaubte er nun sicher zu wissen, was ein Beruf sei. So wie der Jüngling im Volksmärchen nach vergeblichen nächtlichen Kirchturmbesuchen, einer Übernachtung unter Galgen und Abenteuern in einem Geisterschloss endlich durch die kalte Dusche gelernt hatte, was „Gruseln" bedeute, so hatte Wohlgemut nach mehreren vergeblichen Anläufen durch den kalten Überguss der beiden Professoren endlich gelernt, was ein Beruf sei. Ein Beruf wäre demnach eine Nische, in die es sich einzuformen galt. Es hatte sich bestätigt, was er schon vor einiger Zeit als Gedanken gehabt hatte. Jedem Beruf war seine eigens geformte Nische zugeteilt, die von den Ausbildern und Gesetzgebern vorgebildet worden war. Der sich einem Bildungsweg Aussetzende hatte die Aufgabe, sich zu schrauben und zu krümmen wie es die Form der Nische bedingte. Bei diesem Formungsprozess halfen die Ausbilder, in Wohlgemuts Fall die Professoren. Denn Bildung erfahren, heißt geformt und modelliert werden. So wie der Steinmetz die Allegorien der bürgerlichen Tugenden aus dem Stein gehauen hatte, indem er dem Rohling eine individuelle, künstliche Formung gab, die den Vorstellungen von dem, was dargestellt werden soll soweit entspricht, dass es erkannt werden kann. Ein Doktor der Philosophie oder Jurist musste sich so aufstellen, dass an seiner Haltung und seinem Gestus jeder unschwer erkennen konnte, dass es sich um einen Doktor oder Juristen handle. Ein solches Einnischen war Wohlgemut ja auch schon gelungen. Er war ein Meister der schönen Künste. Nur, dass für diese Nische keine Beschäftigung und kein Geld vorgesehen waren. Solche Bildungsgänge ohne Beruf gab es offenbar auch, denn sie prangten mit ihrer eingebildeten Figur nicht an einem merkantilen oder staatlichen Gebäude, sondern sie zierten das Armenhaus der Stadt. Jetzt, da er zu wissen meinte, was ein Beruf sei, war er nicht so niedergeschlagen wie es von einem juristisch lege artis Rausgeworfenen eigentlich zu erwarten gewesen wäre. Nein, Berufe, ja sogar Nichtberufe wie der eines Meisters der schönen Künste, waren Nischen, die vom Staate installiert und ausgestattet worden sind, denn er erlaubte die Berufe, ließ hierfür zu und gab die Bildungsgänge vor. Es galt nun nur die einem gemäße Aushöhlung zu finden und sich gehörig von den Lehrmeistern formen zu lassen, ohne sich hierbei spröde zu zeigen. Die juristische Nische war offenbar nicht passend, obschon der ernsthafte Versuch unternommen worden war, sich einzustellen. Das „Material" Wohlgemut hatte sich von den Meißeln der Ausbilder nicht in die korrekte Form bringen lassen. Dieses Material hatte zu viele Eigenheiten, ja Eigenwilligkeiten bewiesen, die es unmöglich machten, eine Figur zu schaffen, die in die Berufsnische für Juristen gepasst hätte. Wohlgemut hatte zwar unmittelbar angesetzt sich zu krümmen, um in die Aussparung für Juristen zu passen und er hatte sich den Herrschenden sowie ihren Meinungen untergeordnet, aber er hatte sich eben noch nicht genug gekrümmt, es fehlte der rechte Katzenbuckel. Ein Weniges fehlte noch, und das konnte er offenbar nicht leisten. Das, was ihm fehlte, war sein guter Leumund und diesen hatte er mit seinen eigens diktierten Leistungen unwiderruflich verdorben. Bei dem Gedanken an die Krümmung zum Katzenbuckel musste er wieder an den Satz „Was ein Häkchen werden will, das muss sich bei Zeiten krümmen" denken. Es war an der Zeit sich zu krümmen, wenn noch eine Berufsnische erfolgreich ausgefüllt werden sollte, denn der Student vom Lande war nun schon einige Jahre in der großen Stadt.

Ad radices

Als der Unglückswurm auf seinem Bette lag und seinen Werdegang, der ihn nichts werden lassen wollte, überdachte, führte ihn der Regress von dem „Jetzt" zu dem „Damals" der Schulzeit zu, die ihn dazu bestimmt hatte, sich den schönen Künsten zu widmen. Ja, wie war es eigentlich gewesen, in der „schola ludens" wie sie bei der Abschlussrede vom Leiter des Instituts genannt wurde? Es war nicht eigentlich ein Spiel gewesen, denn es ging um Themen, die ernst und gewichtig waren. Alle diese schönen Dinge hatten die Lehrer auserkoren, um sie der Schülerschaft zu präsentieren. Lehrer waren zwar keine Professoren, aber sie hatten Dinge zur Anschauung gebracht, die tiefer reichten, als der Erlaubnistatsbestandsirrtum der Juristen oder das Zitieren von abseitigen Lehrmeinungen und die Interpretationen zu tendenziöser Literatur im Seminar der Universität. Nein, die Schule mit ihren Bediensteten verfügte über einen Wissensschatz, der jetzt noch in dem Schüler fortlebte. Die Lehrer waren diejenigen, die mit den Schülern als Anleiter auf Schatzsuche gingen, wenn sie die Schätze nicht sogar selber versteckten, um sie finden zu lassen. Hier mochte das spielerische Element der Schule liegen. Der Unterricht war eine spielerische Abenteuerreise gewesen, zumindest in der Literatur und Philosophie. Die gefundenen Schätze hatten Wohlgemut dazu bestimmt, sich in weitere Ferne auf Schatzsuche zu begeben, also in die große Stadt zu fahren und dort die schönen Künste zu studieren. Aber wie waren die Professoren doch gegen die Lehrer der Schule auf dem Lande abgefallen. Diese verlangten lediglich von ihren Studenten, das vom Lehrkörper Vorgetragene akribisch zu rezipieren, zu archivieren, und bei Nachfrage in Prüfungen zu repetieren. Die Lehrer in der Schule hatten den Lernenden wesentlich mehr Freiräume für eigene Gedanken und Schöpfungen gegeben, auch schienen sie von der absoluten Richtigkeit ihrer Äußerungen nicht so überzeugt zu sein wie die Hochschullehrer. Schullehrer waren kritischer, sie hinterfragten oft das eingeschliffene, althergebrachte Verhalten und Denken, sowohl des Einzelnen wie der Allgemeinheit. Außerdem schreckten sie nicht davor zurück, Veränderungen anzumahnen, wo sie meinten, Unrecht zu erblicken.

Sollte man da nicht Lehrer für die Schule werden wollen? Ein Vorbild für die Jugend, welches mit gestiegen Kostbarkeiten aus allen Zeiten und aller Herren Länder hantiert. Dieses wollte Wohlgemut. Er fühlte sich noch jung genug, es auf ein Neues zu unternehmen und den Pädagogen die Hand zu reichen. Aber zuvor mussten seine Eltern unterrichtet werden, denn es war zu erwarten, dass diese nun ihren Sohn mit einem Beruf ausgestattet sehen wollten und nicht an Neubeginn dachten. Von dem juristischen Debakel wussten sie noch nichts. So musste Wohlgemut denn den schweren Schritt unternehmen und zu Feder und Tintenfass greifen. Die Antwort der Eltern kam zwei Wochen später. Es war das altbekannte Briefpapier, es trug einen gelben Rand sowie das Zeichen des Dorfes, und es trug zwei Unterschriften. Der Inhalt war freundlicher als gedacht, die Wartezeit hatte schon Befürchtungen aufkeimen lassen. Es wurde auch ein Beutel mit Goldstücken dazu geschickt, sodass vor dem Öffnen des Kuverts ein Bleiben in der Stadt wahrscheinlich war. Das Schreiben bestätigte die Ankündigung durch das Gold. So konnte Wohlgemut erleichtert zu der Universität gehen, um sich nach den

Möglichkeiten, Lehrer zu werden, zu erkundigen. Hier war man ungewohnt höflich und zuvorkommend. Das Studium der schönen Künste sollte auf das Lehramt angerechnet werden, da die angestrebten Lehrfächer Deutsch und Philosophie waren. Es fehlten in den Kernfächern noch zwei Ergänzungsscheine und die Gesamtheit der Wissenschaft vom Erziehen. Hinzu sollten noch einige Praxiserfahrungen genommen werden, und darauf, in zwei, drei Jahren, könne sich Wohlgemut bei Erfolg zum Lehramtsexamen melden. Wohlgemut unterschrieb, so wie er auch schon vor Jahren unterzeichnet hatte, als er vom Platz der Tugenden des Morgens in die Universität der Stadt zum ersten Male schritt. Es war, als dürfte er nochmals leben, vergessen waren der Dekan und die Bierhumpen. Der Gedanke galt nur den Dichterfürsten und Philosophenkönigen, die jetzt seine Gefährten werden sollten, und zwar in der Art, dass er sich Brot von diesen Bekanntschaften versprechen durfte, als Lohn dafür, dass er ihre Worte in die Welt tragen wollte und den Herrschenden auch entgegensetzen konnte, um den Denkern gerecht zu werden. So musste er nicht mehr ungerechtes Recht schreiben, um den herrschenden Meinungen gerecht zu werden, nein, er konnte die Tugenden und damit die Gerechtigkeit um ihrer selbst Willen aussprechen und so einer Anklage vor dem unbekannten Gerichtshof des Gewissens entgehen.

Nichtübereinstimmung mit sich selber, dieses sei das wahre Verbrechen, so heißt es in Wallensteins Lager, dieser Ausspruch hatte sich für den Lehramtskandidaten bestätigt. Denn es war ihm nicht wohl, wenn er Meinungen vertreten hatte, die nicht die seinen waren. Dieses hatte er nur getan, um den Vorgesetzten zu gefallen, es war ihm auch im „Roten Hahn" und der Verbindung mit den Kronleuchtern unheimlich zu Mute gewesen. Er hatte sich erst wieder anständig gefühlt, als er diese Lokalitäten verlassen hatte. Nein, es gab den „Daimon" des Sokrates und ihm war zu gehorchen. Die Nische, in die man sich für einen Beruf zu verfügen hatte, durfte nicht zu fremd sein – „Gleiches erkennt nur Gleiches", sagt Goethe. Die juristische Nische passte nicht für sein inneres Ich. Er glaubte in der Höhlung für Lehrer einen Ort finden zu können, an den er sich anpassen könne, ohne sich das Rückrat zu verkrümmen oder gar zu brechen. So schritt er dem neuen Lebensraum entgegen, ohne das Vergangene all zu ernst zu nehmen.

Es war neu und altbekannt für ihn. Das Bekannte waren die Zitate und Texte, es schien ihm sogar einfacher zu sein, den Ansprüchen der Lehrenden zu genügen, als es bei dem Lehrgange zum Meister der Künste der Fall gewesen war. Das Neue war, dass, wir sprachen bereits darüber, nicht nur Jünglinge, sondern auch Frauen zum Studium des Lehramtes zugelassen waren. Dieses ist ein Ausdruck der neuen Bewegung und der mit ihr

91

anhebenden neuen Zeit. Diese neue Zeit hat schon als Faustschlag im Antlitz von Wohlgemut ihren Platz gefunden. Aber eben nicht nur dort, sondern auch in den Hörsälen altehrwürdiger Universitäten, die vornehmlich in großen Städten waren. Diesen großen Städten war der neue Stand oder besser die neue Klasse der Arbeiterschaft eigen, denn er nährte sich mehr schlecht als recht von den umliegenden Manufakturen, die jetzt Fabriken zu heißen begannen. Die Dampfkraft mit ihrem siedenden Atem erlaubte völlig neue Fertigungsmethoden, die aber kräftige Menschen brauchten, die der Glut standhielten, sie zu bedienen und zu befeuern. Die Linkshegelianer, Marx gehörte zeitweilig zu ihnen, nahmen sich der Sorgen und Nöte der Arbeiter an, und fanden so Eingang in die Gaststättenphilosophie wie sie im „Roten Hahn" ansichtig und fühlbar gemacht worden war. Wohlgemut wusste nicht viel davon, denn bei ihm auf dem Lande hießen die Klassen noch Stände, und es wurde nach der alten Ordnung ohne Einschränkungen gelebt. Die philosophische und einschlagende Bekanntschaft mit der neuen Bewegung hatten ihn nicht dazu veranlasst, Nachforschungen anzustellen. Er ignorierte einfach den Geist, der in Europa als Gespenst umging, bis heute, da er gewahr wurde, dass sich etwas in seinem unmittelbaren Umfeld, mit dem er auskommen und leben musste, wenn er leben wollte, geändert hat. Er nahm es gelassen und achtete nicht viel auf seine Kolleginnen. Es interessierten ihn Gehalt und Stoff. Weibliche Professoren gab es allerdings noch nicht, sodass er nicht befürchten musste, auf diesem Wege weitere Bekanntschaft mit dem neuen Geist machen zu müssen. Die Zusatzscheine der Literaten und Philosophen fielen ihm zu. Die Wissenschaft des Erziehens war eine zusammengesetzte. Ihre Ingredienzien waren Geschichte, Philosophie und Seelenkunde, dieses waren ihm vertraute Gebiete. Also war ihm der neue Studienzweig nicht verschlossen und es lief alles nach Wunsch. Nun standen jedoch die praktischen Erfahrungen an den Schulen an. Hier gab es Frauen, die unterrichteten, doch Wohlgemut wurde glücklicherweise keiner zugeteilt, sondern er erhielt als Anleiter Lehrer, die ihm praktisch beibringen sollten, wie zu unterrichten sei.Die Schule, in der die Praxiseinheit abzudienen war, lag am Rande der Stadt, in einem Viertel, welches weder arm noch reich zu nennen war. So gab es auch recht unterschiedliche Schüler, die Eltern mit den unterschiedlichsten Berufen hatten. Um diese Schule zu erreichen, musste unser Praktikant schon recht früh, des langen Weges wegen, aufbrechen. Es gefiel ihm der Gedanke, endlich das theoretische Wissen tätig anwenden zu können. Der Leiter der Schule war ein rundlicher Mann mit Rauschebart in den besten Jahren; Er wollte vieles von Wohlgemut, der ihn wegen seiner Leibesfülle für einen Epikureer hielt, wissen. Ein Woher?

Wohin? und Weshalb? wurde vielfältig gefragt. Der Neuling gab bereitwillig Auskunft und hielt die Befragung eher für freundliche Anteilnahme an seiner Person als für eine lästige Inquisition. Zuerst sollte er als Hospitant die Klassen beobachten und kennen lernen, erst danach dürfe er vor die Klasse treten. Die zu beobachtenden Stunden erinnerten an die eigenen Schultage, und so war ihm recht froh zu Mute, hier als Gast sein zu können. Auch das eigene Unterrichten ging von der Hand und die Ausbilder standen dabei freundlich zur Seite.

Alles ging wohl und angenehm, nichts deutete darauf hin, dass er abermals die falsche Nische gewählt haben könnte. Er wusste nicht, ob er sich für die Ausbildung zum Lehrer ein wenig krümmen musste. Wenn es so sein sollte, so wurde er dessen nicht gewärtig, und das war ein gutes Zeichen, denn die Krümmung, wenn es diese denn überhaupt gab, musste schon in seiner Natur, seiner geistig-seelischen Anatomie liegen, denn es sträubte sich keine Faser in ihm gegen seine Tätigkeit.

„Wohlgemut", sagte der Landarbeiter, „ist es richtig, dass Du schon zu dieser Zeit damit beginnst, Deine Abschlussarbeit zu schreiben und Dich auf die Befragungen vorzubereiten?" „Ja, es ist richtig, und es ist richtig, dass ich den Entschluss fasste, Lehrer zu werden. Bald hat das Trockenbrotbrechen ein End´, und ich darf den Dichtern und Denkern dienen, ohne sie zu verleumden." „Wohl gesprochen, aber was wird aus mir, wenn Dich der Staat anstellt, um die Jugend zu belehren?" „Nun, Du kannst hier bleiben, oder mit mir kommen, ganz wie es Dir beliebt." „Wirst Du denn in der großen Stadt bleiben wollen?" „Nein, ich will auf das Land, mögen sich die Bürger dieser Stadt auch viel auf ihre Bildung in der Universität und ihre Schulen einbilden, der Ursprung der Schule und der Bildung liegt doch auf dem Lande. Die Schulpflicht wurde nicht von Bürgern begründet, sondern von einem Feudalherren gestiftet, doch sagen, sagen darf man ihnen dieses freilich nicht." „Dann ist's gut, vom Lande komme ich, auf das Land will ich mit Dir zurückkehren. Wollen sehen, ob ich dort nicht auch noch etwas auf meine alten Tage lernen kann."

Das Examen war bestanden, aber wiederum nur mäßig. Der Kandidatus hatte sich noch größere Hoffnungen auf ein „Gut" gemacht. Die Ernte war ihm aber durch einen lang anhaltenden Schnupfen während der Examenszeit verhagelt worden, so glaubte er zumindest. Aber immerhin, zur knappen Hälfte stand er als Figur schon in der Berufsnische für Lehrer. Die gute andere Hälfte sollte durch die Referendariatszeit hinzutreten, und den bildnerischen Prozess abschließen. Jedoch musste er auf seine Praxiszeit noch einiges warten, so rechnete er sich aus, denn Lehrer für Literatur und Philosophie wurden nicht so zahlreich gebraucht wie mathematische, wirtschaftliche und naturwissenschaftliche. Die neuen Fabriken brauchten Leiter und Erfinder, der auffrischende Handel verlangte nach Ökonomen. Schreiben und Lesen war hierbei zwar auch zweckdienlich, aber eher nebensächlich, erst recht, wenn es um das Lesen und Beschreiben von Dichtern und Philosophen ging. Natürlich wurde die errechnete Wartezeit von etwa 18 Monaten auch durch sein mittelprächtiges Examen bedingt, und dadurch, dass bei den Lehrämtlern die schönen Künste häufig von Frauen unterrichtet wurden. So fühlten sich auch die Studentinnen diesen Fächern eher verpflichtet als andere. Diese schnitten, wie auch immer dieses begründet wurde, häufig in diesen Fächern im Examen besser ab als ihre Kollegen, und so musste Wohlgemut lange warten. Wohlgemut hielt den unterschiedlichen Notenspiegel für Zufall und gab nicht allzu viel darauf. Er beschloss, die Wartezeit zu überbrücken und zu seinen Eltern in das heimatliche Haus auf dem Lande am kleinen Fluss zu fahren. Seine Eltern hatte er, abgesehen von dem kurzen Besuch des Vaters anlässlich des Dekanbesuches, schon seit Jahren nicht mehr gesehen. Nur die Sendungen mit Goldstücken und einen kurzen Brief hatten ihn regelmäßig als Gruß erreicht. Der Landarbeiter wollte in der Stadt bleiben, um die günstige Wohnung nicht aus der Hand zu geben.

Frühlingserwachen

Sein Zimmer war unverändert, das Bett frisch bezogen, die Bücherregale gesäubert und ein Strauß gerade erblühter Feldblumen auf den Tisch aus Nussbaumholz gestellt. Aber er fand auch einige graue Haare an den Schläfen im Hause. Der Baum, auf den der Vater aus seinem Arbeitszimmer heute wie damals bei ihrem Gespräch vor der Abfahrt blickte, war kräftig ausgelichtet worden. Nun saßen alle zum Frühmahle an der Tafel im Esszimmer und unterrichteten sich über die hervorstechendsten Begebenheiten der letzten Jahre. Der Vater erkundigte sich nach dem Dekan der juristischen Fakultät, und wie er sich nach ihrem Sechsaugengespräch, das keines war, verhalten habe. Wohlgemut erzählte von der unerlaubten Verschränkung der Unterschrift und der Bewertung unter seiner Arbeit. Aber er meinte, es hätte wohl doch seine Ordnung gehabt, weil er nun einmal nicht zum Juristen geboren wäre, so wie der Vater kein Mathematiker, sondern Landmann sei. Der so Angesprochene konnte sich einige Unzufriedenheit mit der seiner Ansicht nach mangelnden Logik seines Sohnes nicht verhehlen. Wenn er auch kein Mathematiker war, so hatte er doch einen scharfen Verstand, der den Gesetzen der Logik, wenn auch nicht unbedingt der syllogistischen Logik, gehorchte, ohne Philosophie mit einem cursus logicum studiert zu haben. Am Abend spazierte Wohlgemut durch das Dorf, um zu sehen, ob alles noch seine alte Ordnung hätte. Da war es ihm, als sähe er in einem flüchtig dahingleitenden Einspänner ein halbbekanntes Paar. Den Mann erkannte er nicht, doch er hielt ihn für den Ehegatten der bekannten Frau. Aber konnte es wirklich sein, jetzt hier in diesem kleinen und abgelegenen Dörfchen? Nein, er musste sich getäuscht haben, jetzt in der Dämmerung des Abends. Die Frauen kleideten und frisierten sich alle nach der Mode und sahen daher zum Verwechseln ähnlich aus. Es konnte nicht jene Seminarbekanntschaft sein, mit der er unfreiwillig mehr Worte ausgetauscht hatte, als ihm lieb gewesen war. So schritt er denn seines Weges und dachte nicht weiter über die Erscheinung im Abendlicht nach. Die Amseln sangen leise wie schon damals, und auch ansonsten hatte im Dorfe alles seinen festen Platz behalten, auch war nicht an der alten Ordnung gerüttelt worden. Morgen wollte er an die Biegung des Flusses zu jenem Stein gehen, an dem er zu Beginn seiner Wanderschaft zu einem Beruf gesessen und sich das Zukünftige, was nicht Realität geworden war, ausgemalt hatte. Ob er immer noch so bunt schillerte, in den Farben des Regenbogens, der ein Zeichen des neuen Bundes zwischen Gott und den vormals abtrünnigen Menschen gewesen sein soll? Warum sollte er nicht mehr irisieren? Weil er gefunkelt hatte, als der darauf ruhende sich sein kommendes Leben ausmalte. Dieses Leben hatte aber an

Strahlkraft verloren, denn es war durch unschöne Ereignisse getrübt worden. So mochte der Stein als Gegenstück auch an Glanz verloren haben? Nein, das wäre Spökenkiekerei. Philosophieren war nach Ansicht des hiesigen Pastoren eine solche, und Wohlgemut wollte nicht gleich zweifach diesem Aberglauben anheim fallen.

Steine hatten ihr Eigenleben, das von seinem Leben getrennt sein musste, wenn sie denn überhaupt lebten. So musste er den Stein wohl auch am nächsten Tage unverändert, sich selber gleichend vorfinden. Aber glich er, Wohlgemut, noch sich selber? Hier erhob sein inneres Gericht wieder seine mahnende Stimme. Es irrten vor seinem geistigen Auge die schwarzen Häkchen im Justizpalast und die sich krümmenden Doktoranden umher. War er schon ein Häkchen, oder war er dabei, sich zu einem solchen zu verkrümmen? Diese Frage hatte ihn schon einmal beschäftigt und er hatte gefunden, dass er sich seiner Natur, seinem Daimon gemäß verhalte. Aber war es wirklich so, oder täuschte ihn der listige Dämon des französischen Philosophen, der das Denken in das Zentrum stellte. Wenn er dachte, musste er eingestehen, dass der Fausthieb im „Roten Hahn" seine Wirkung nicht verfehlt hatte. War er äußerlich zwar nicht verletzt worden, so wurde sein Inneres doch bewegt, es hatte einen Impuls in Richtung der neuen Ideen seiner Zeit bekommen. Hatte er zwar nicht über die Frauenfrage und die Linkshegelianer in concreto nachgeforscht, so musste er sich doch dabei ertappen wie er in seinen Arbeiten und Vorträgen Forderungen der Arbeiterklasse unterstützte und den Besitzenden den Kampf ansagte. Er hatte zwar in der Heimat nicht in einer Hütte gewohnt, doch befand er, um den Professoren gerecht zu werden, dass Paläste zu bekriegen und Hütten zu befrieden seien. Dieses konnte als eine Krümmung seines inneren Ichs verstanden werden. In einer Literaturvorlesung hatte er von „seiner Majestät dem Ich" gehört. Nicht Könige und Kaiser waren Majestäten, sondern die Individuen, die einzelnen Bürger. Bei akribischer Betrachtung fand sich Wohlgemut in einer undefinierbaren Zwischenwelt. Er bewohnte weder Hütte noch Palast, war weder arm noch reich, das heißt, er war schon arm, jedoch war seine Familie weder arm noch reich, er war weder Arbeiter noch Aristokrat, wohin sollte er sich da stellen, wem war er zugehörig?

Er gehörte sich selber und war frei. Aber diese Freiheit hatte ihn einiges gekostet. Ihretwegen konnte er weder Doktor der Philosophie noch Jurist werden und als vogelfreier Meister der Künste fand er keine Arbeit. Als Lehrer könnte er arbeiten und frei bleiben, so meinte er, also hatte er sich nicht verkrümmt, sondern entwickelte sich seinen Anlagen gemäß zu einem Halblehrer – Aber halber Jurist war er auch geworden. Den Lehrämtler wollte er jedoch unbedingt ausbilden.

Den Stein fand er des Morgens unverändert. Auch der Fluss murmelte sein altes Lied. Nur die Wanderschaft an diesen bekannten Ort fiel ihm schwerer als früher. Er war älter geworden. Die Zeit fraß sich wie für jeden in sein Leben. Er war froh, am Ende seiner Studienjahre angelangt zu sein, und diese jetzt mit der Ausbildungszeit in der Schule abschließen zu können.

Am Sonntag war Kirchgang, denn der Philosophielehrling wollte dem Skeptiker in Gestalt des Pastoren beweisen, dass er nicht ganz vom rechten Glauben abgefallen war und sich seiner Worte über das Philosophieren erinnere. Es ging die gesamte Familie mit den Angestellten in das Gotteshaus und nahm auf den ihnen eigenen hinteren Plätzen ihre Andacht. Der Pastor sprach viel über die Kraft des Glaubens und die Freiheit eines Christenmenschen nach dem Kirchenstifter Luther. Der Gedanke der Freiheit gefiel Wohlgemut, nur glaubte er sie in der Philosophie, nicht in der Religion finden zu können. „Religion" hatte schließlich mit dem lateinischen Wort „religieren" bzw. „religare" zu tun und dieses meinte „zurückbinden". So war er bei den Literaten auch wegen eines aristokratischen Auswuchses eine Relingent, ein Zurückbehaltener oder Zurückgebundener, gewesen. Daher hatte dieses Wort für ihn seinen negativen Gehalt noch verstärkt und die Religion war ihm so etwas, das den Menschen nur zurückhielt, zurückband an altüberkommene Lehrmeinungen einiger Weniger, die meinten, berufen und auserwählt zu sein. So wie schon das die Bibel begründende Volk meinte, ein auserwähltes zu sein. In der Beurteilung dieser Dogmen hatte Wohlgemut in der Tat eine Nähe zu dem neuen Zeitgeist, nicht weil er atheistische Züge hatte, sondern weil er das Principium Individuationis in den Vordergrund stellte. Damit sprach er jedem Menschen das Recht zu, selber zu urteilen und für richtig zu befinden. Dieses war demnach nicht mehr die ausschließliche Profession Einiger, gleich welcher Konfession sie angehörten, seien es Marxisten, Kapitalisten, Sozialisten oder Christen – Es war das Prinzip der Urteilsfreiheit ohne Bevormundung, was ihn ansprach.

Da war es schon wieder, es konnte, es durfte nicht sein. Das Mädchen, oder besser die Frau aus der großen Stadt, welche eine Lehrerin werden wollte. Sie saß in der ersten Reihe neben dem Manne aus dem Einspänner und einem älteren Ehepaar, welches ihre oder seine Eltern sein mochten. Diese Gruppe fiel auf, denn sie war besser frisiert und gekleidet als alle anderen in der Kirche zusammengenommen. Nun stimmte die Gemeinde den Abschlussgesang „Ehre sei Gott in der Höh'" an. Alle erhoben sich hierfür von ihren harten Holzbänken. Wohlgemut war bestimmt kein großer Sänger, aber heute quakte er wie die Kröten bei der Sommerfrische der Juristen an dem kleinen Weiher. Alle schickten sich geordnet zum Verlassen des Gebäudes an und reichten einer wie der andere dem Pastoren die Hand. Dabei bemerkte Wohlgemut, der sich extra nahe an die schöngekleideten Menschen herangewartet hatte, nur Ringe bei den älteren Begleitpersonen. Das Paar aus dem Einspänner war unberingt. Das Gesicht der jungen Frau erblickte er nicht, daher konnte er immer noch hoffen, dass in dem kleinen Dorf nicht Bekanntschaft aus der Stadt verweilte. Auf dem Heimweg sprach die Familie wenig, denn der Gottesdienst wirkte noch nach und versetzte einen Jeden in seine eigene Gedankenwelt. Die Gedanken Wohlgemuts waren bei der Seminarbekanntschaft, die er im Dorfe zu sehen meinte. Damals sprachen sie über Philosophieren mit Kindern. Unversehens verfiel seine Gesprächspartnerin auf Stoffe, Kleider und Schlösser, sie hatte gesagt: „Ob es nicht auch ein Stoff wäre für ein besonderes Kleid, ein Kleid zum Heiraten auf einem Schloss." Damit sprach sie auf ihren Musselin-Schal an, den sie um ihren Hals drapiert hatte. Damals war Wohlgemut wie vor den Kopf geschlagen und hatte nichts darauf geantwortet. Sie meinte aber, es heirateten doch alle, da wäre es wohl ein sinnvoller Schritt; als dieses gesprochen war, und Wohlgemut im Begriffe stand zu exemplifizieren, dass er diesbezüglich keinerlei Pläne oder Absichten hätte, kam der Professor des Seminars und intervenierte, indem er den Unterbrochenen nach seiner Vorliebe für die Kaiserstadt im Süden befragte. So war dieses Gewitter vorbeigezogen und der wetternde Blitz vom Dozenten in die Erde der Belanglosigkeit und des Vergessens abgeleitet worden. Nachdem der Kursus für praktischen Philosophieunterricht erfolgreich abgeschlossen worden war, hatte unser Ländler die Kollegin mit dem Musselin-Schal nicht wieder gesehen.

Das Ereignis war auch völlig in den Hintergrund getreten, da es Wohlgemut einer allgemeinen weiblichen Übermütigkeit von Frauen dieses Studentenalters zu schrieb, die im Eigentlichen gar nichts mit seiner Person zu tun hatte. Aber jetzt, auf dem Weg von der Kirche zu dem elterlichen Hause erinnerte er sich wieder sehr genau an das Gespräch und seine Begleitumstände. Bei dem Wort „Heiraten" wurde ihm unwohl. Seine Eltern hatten geheiratet, natürlich, und sie führten eine gelungene Ehe, aber aus irgendeinem Grunde, den er selber nicht kannte, wollte er nicht das Bündnis für ein ganzes Leben schließen. Er brachte diese Abneigung mit seinem Freiheitsdrang in Verbindung und mutmaßte, dass sein Inneres sich sträubte, weil es befürchtete, in Fesseln geschlagen zu werden. Diese wären nicht mehr lösbar und hielten ihn so von seiner Bewegung auf sein eigentliches Ziel hin, was immer das auch sein möge, ab. So wie die Religion den Menschen, zumindest Wohlgemut, zurückband und ihn damit von der eigenen Entelechie fernhielt. Dadurch wurde der Mensch von seinem Urquell abgezogen, indem er anderen Meistern dienen musste, die ihm nicht gemäß und nicht immer wohl gesonnen waren. Nein, Philosophen waren meistens unverheiratet. Nicht, dass Wohlgemut meinte, ein Philosoph zu sein, doch er war einer ihrer Schüler und tat es in diesem Sinne seinen Lehrern nach. Nicht aus Unterwürfigkeit, sondern, weil es ihm so gefiel.

Da keimte in ihm ein unangenehmer Gedanke auf. Der rundliche Schulleiter mit dem Rauschebart, er hatte viel und bohrend gefragt. Fragte er nicht auch nach der Kaiserstadt im Süden und Wohlgemuts Meinung hierüber? Es war ihm so, als wäre es so gewesen. Die Befragung, welche er für freundliche Anteilnahme an seiner Person gehalten hatte, war wohl doch eher eine Inquisition zu nennen. In solchen Prozessen, und nicht nur bei der Inquisition, konnte alles, was gesagt wurde, der Anklage dienen und zu einem Schuldspruch führen. Nur Inquisitionsprozesse konnten auch ohne weitere Anhaltspunkte für eine Straftat und ohne formelle Anklage aufgerollt werden. Oft dauerten sie auch ein ganzes Leben lang, ohne ein Ende zu finden, bis dem Angeklagten das Ende bereitet wurde. Dieses war auch eine Errungenschaft der Religion, die den Menschen unter Umständen auf das Rad, die Streckbank oder den Scheiterhaufen zurückband. Da waren die neuzeitlichen Rechtsgelehrten mit ihren Prozessen noch human zu nennen, denn die Todesstrafe wurde durch Erhängen oder Erschießen vollstreckt, nicht durch Folter. Warum sollte der Seminarprofessor gerade nach Wohlgemuts Verhältnis zur Kaiserstadt im Süden gefragt haben, als es um sein Verhältnis zur Ehe ging? Ein Zufall? Möglich. Aber Wohlgemut war aufgestört, er glaubte nicht an zwei Zufälle, nicht an die Kaiserstadt und nicht an die Kollegin im Dorf. Er war immerhin gewarnt.

Am nächsten Tag erreichte ein Brief des Gemeindevorstehers, der sich ungern Bürgermeister nennen ließ, weil das Dorf nach seiner Ansicht dafür zu wenig Bürger hätte, den Vater Wohlgemuts. Mit Neugier las dieser unter den Augen seiner Familie die spärlichen Zeilen. Der Vorsteher schrieb, er habe Gäste aus der großen Stadt im Norden aufgenommen und erbitte für diese einen Fremdenführer. Nun waren alle etwas erstaunt, denn sie meinten nicht in einer Gegend zu wohnen, die reich an Sehenswürdigkeiten wäre. Es gab die Wälder, den Fluss, Wiesen und Äcker mit Steinen. Die Kirche stammte noch aus der Zeit des großen Religionskrieges in deutschen Landen, etwas Sehenswertes barg sie indessen nicht.

Meister Pangloss herrscht

Die Gäste wurden von dem Vater herumgeführt und herumgereicht. So wurden sie mit den Familien des Dorfes bekannt und es blieb dabei nicht aus, dass sie mit Wohlgemut bekannt wurden, der ihnen schon bekannt war, denn es wurde vorher von ihm erzählt. Es fand sich die Gesprächspartnerin aus der Universität mit dem Musselin-Schal unter den Gästen. Wohlgemut erhielt die Aufgabe, die Gastfamilie mit dem Wagen zu dem alten Hünengrab zu fahren. Dieses war vielleicht wirklich die einzige Attraktion, die es für Touristen gab. Der Vater müsse etwas im Hause erledigen, so sagte er. Das Frühstück verschluckte unser Kutscher, ohne ein Wort zu sagen. Er wollte sich seine Worte für die Fahrt aufbewahren, damit er nicht sprachlos bliebe wie damals bei ihrem Zusammentreffen. Es schmeckte ihm nicht einmal der Honig, welcher goldgelb und cremig aus der Hausimkerei stammte. Sonst war er den possierlichen Flügeltierchen immer recht dankbar für ihr emsiges Arbeiten gewesen. Aber heute wollte er an gar nichts denken, damit er nicht den falschen Gedanken anheimfalle. Die Mutter schärfte ihm ein, recht langsam und vorsichtig zu kutschieren, damit den Städtern hier auf dem Lande nichts passiere. Der Gastvater, welcher ein katholischer Priester gewesen war, bevor er wegen seines Eheschlusses exkommuniziert wurde, sei gute Equipagen gewohnt. Der zweite Mann war nicht der Gatte der Seminaristin wie Wohlgemut geglaubt hatte, sondern ihr Bruder. So war denn die ganze vierköpfige Familie mit englischem Namen aus der deutschen Stadt im Norden angereist. Das Familienoberhaupt stammte aus England, war aber nach seinem Kirchenausschluss mit der frisch angetrauten Frau, die er als Urlauberin auf der britischen Insel kennen gelernt hatte, nach Norddeutschland übergesiedelt, wo er als konfessionsloser Übersetzer und Dolmetscher arbeitete. Wohlgemut wunderte sich im Stillen, dass Katholiken, und für ihn waren die Gäste Katholiken, exkommuniziert oder nicht, ein Interesse an einer germanischen Grabstelle haben sollten. Er selber hatte sich bei der Direktive dorthin zu fahren kaum des Weges erinnert, denn er war in seiner Jugend nur ein- oder zweimal von seinen Eltern an diese Stelle geführt worden. Der Weg verlief gewunden durch brachliegende Felder und über Weiden, auf denen aber gegenwärtig keine Tiere zu sehen waren. Es war eine einsame Gegend, nur durch fünf Menschen belebt, die sich kaum kannten, aber genug voneinander wussten, um ein festes Urteil vom Gegenüber zu haben. Die Ansicht Wohlgemuts, dass es sich bei den Vieren um Katholiken handle, war insoweit richtig, als dass die Mutter und die beiden Kinder dieser Glaubensrichtung angehörten. Was den Vater, den gewesenen Pfarrer, anlangte, war sich der Pferdelenker nicht völlig sicher, welche Spuren und Veränderungen der Ausschluss aus der Glaubensgemeinschaft bewirkt haben mochte, insofern stand er seiner Ersteinschätzung jetzt etwas skeptischer Gegenüber. Er wollte aber auch nicht danach forschen, da er von den Gästen möglichst unberührt bleiben wollte.

An dem Steinhaufen angelangt zog der Familienvater eine Bibel aus seinem schwarzen Rock. Diese war in Leder gebunden und golden verziert. Geschwind schlug er eine Seite darin auf und trug einen Passus zur Heidenbekehrung vor. Seine Frau und die Kinder, die nicht dunkel, sondern hell gewandet waren, falteten dabei die Hände und schauten auf den mit Gras bewachsenen Boden. Als der Rezitierende geendigt hatte, blickte er lange auf den verdutzten Wohlgemut, dann sprach er ihn an: „Halten Sie etwas von diesen heidnischen Dingen?", dabei deutete er mit der Rechten auf das Grabmal. „Ich dachte, offen gestanden, noch nicht darüber nach; mir bedeutet die umgebende Natur mehr, als eine Ansammlung von Steinen, obgleich Steine auch ein Stück von dieser Natur sind." Bei diesen Worten gedachte er des schillernden Felsblockes, auf dem er an der Biegung des Flusses gesessen hatte, als er über das Volksmärchen und die darin genannten Häkchen sinnierte. „Aber ich meine doch, Sie neulich in der Kirche gesehen zu haben, da sind Sie doch wohl ein rechter Christenmensch?", wurde Wohlgemut gefragt. „Ja, ich war in der Kirche, es ist so Sitte bei uns in der Familie, dass der gesamte Hausstand einmal des Monats den Herren Pastor in seiner Wirkungsstätte besucht, davon nehme ich mich nicht aus." „Ich sprach mit dem Pastor über sein Gotteshaus, da wissen Sie doch sicher, dass es aus Zeiten der unseligen Abspaltung stammt, als die wahre Lehre verdorben, und viele Gute Seelen von ihrem Urgrund weggeführt worden sind?" Bei diesen Worten schauderte es Wohlgemut, denn er hatte die neue Lehre immer als die gereinigte betrachtet, als einen Schritt auf die Freiheit des Menschen zu, der sich aus den Fesseln einer dogmatischen Bevormundung zu befreien begann und dem „sapere aude" lebte. Sein Redefreund war ein geschickter Interpretor von Physiognomien und bemerkte das Unbehagen, welches seine Worte ausgelöst hatten. So schwieg er denn und forderte seinen Anhang auf, mit ihm in das Vehikel, welches sie an diesen unchristlichen Ort gebracht hatte, zu klettern. Der Kutscher verstand dieses als Aufforderung, den Heimweg anzutreten und gehorchte nur zu gern.

Am Abend sprach Wohlgemut mit seinem Vater in der Bibliothek über den Tag. „Mein Sohn, ich wünsche, dass Du ab jetzt wöchentlich den katholischen Gottesdienst im Nachbarort besuchst. Unsere Gäste haben Dich dazu eingeladen, und wir wollen nicht unhöflich sein. Sie werden Dich dorthin begleiten, und Du wirst sie fahren, so wie Du mit ihnen zum Hünengrab gefahren bist." Das war ein starkes Stück. So einen Imperativ hatte er von seinem Vater noch niemals erhalten, zumal dieser sich mit dem Christentum ebenfalls recht schwer tat. Dieses wusste Wohlgemut durch Gespräche zwischen den Eltern. So wie die Bitte vorgetragen ward, duldete sie keinen Widerspruch und der zukünftige Kirchgänger empfahl sich mit einiger Unzufriedenheit im Gemüt. Er dachte an die Zweifel bezüglich der beiden „Zufälle" und der Rolle des Schulleiters hierbei. Welcher Dämon hatte die katholische Familie in das Dorf Wohlgemuts verfügt? Warum trafen sie sich in der Kirche? Warum war sein Vater zum

Fremdenführer erkoren worden, der es an seinen Sohn delegiert hatte? Nein, das alles konnte nicht zufällig geschehen sein; deswegen war Wohlgemut nicht verstimmt, er war entsetzt. Seinem zweifelnden Verstande öffnete sich eine Welt von Spitzeln. Den Pädagogen hatte er von seinem Ursprungsland berichtet, die Universität kannte seinen ursprünglichen Wohnort, aber nicht seine Lebensverhältnisse dort, so glaubte er. Der Seminaristin hatte er nichts über sich erzählt wie sollte er auch? Er hatte geschwiegen und sein Sprachansatz der Ablehnung war von dem hinzueilenden Professoren jäh unterbrochen worden. Der rundliche Schulleiter hatte beiläufig bemerkt, dass sie ja schließlich unterrichtet wären. Ja, sie mussten informiert sein und die Familie der Seminaristin davon in Kenntnis gesetzt haben. Nur so gab es einen Sinn. In der Universität und der Schule war er von Spitzeln umgeben gewesen, die ihn ausgeforscht hatten, ohne, dass er es bemerkte, bis heute. Es gab kein dubito hierüber wie hätten die Katholiken ihn sonst finden sollen und sie wollten ihn, er war der einzige Zweck ihres Hierseins. Richtig, damals hatte der Lehrmeister der Universität davon gesprochen, dass ihm, Wohlgemut, ja schließlich das Fegefeuer zu Teil werden würde – sollte schon damals von den Ämtern, die Universität war auch ein Amt der Stadt, eine Konversion beschlossen worden sein? Konnte er entkommen, oder war das Netz schon über ihn geworfen? Seinen Vater schienen sie auf ihrer Seite zu haben, da wollte er gehorchen, so weit es ihm möglich war. So ging er denn des Sontags in die Betstätte der Katholiken im Nachbardorf mit den unerbetenen Gästen. Er musste auf die Knie. Noch nie hatte er vor oder für jemanden gekniet. Er lauschte der lateinischen Predigt vergeblich, denn sein Latein war zu schlecht dafür. Er fühlte sich, als ob er begänne, dem vielzüngigen Meister Pangloss zu dienen, denn der Oberhirte der Katholiken, der Pontifex maximus in Rom, war Herr aller Zungen, die Bedeutung in der Welt hatten, so wie der Herr und Meister Candides, der mit seiner sprachgewandten Zunge diese Welt für die Beste aller möglichen Welten erklärte. Der Papst in Rom war hier anders, er erklärte unsere schöne Welt für ein Jammertal, dem nur derjenige entkommen konnte, der zu ihm betete, denn er war Stellvertreter Christi auf Erden und damit das Licht und die Wahrheit und das Leben. So kam niemand zu Gott, dem Vater, als durch ihn. Der neue Pangloss herrschte über zwei Reiche, ein irdisches und ein himmlisches. Das himmlische war die beste aller möglichen Welten, das irdische nicht die schlechteste, das wäre die Hölle, sondern eine schlechte, der es möglichst sündenfrei zu entkommen galt. Was eine Sünde sei und welche Summe jeweils als Ablass, als Abbitte zu zahlen wäre, das bestimmte Rom, nicht der unbekannte Gerichtshof. Wohlgemut fürchtete um sein Gewissen, um seine Autonomie. Er wollte bestimmt keinen neuen Religionskrieg, aber es sollte doch jeder nach seiner Facon in diesem Lande glücklich und auch selig werden können, ohne dass Rom einen selig sprach. Sicher, die Katholiken hatten den anrührenden gregorianischen Kirchengesang, sie hatten im Mittelalter das Lesen und Schreiben kultiviert, bewahrten in ihren Klöstern literarische und philosophische Schätze, die sie allerdings für sich umfunktionierten oder auf den Index setzten, neben ihrem Tafelsilber. Außerdem sorgten sie streckenweise für die Armen und Kranken, aber dieses taten auch andere und diese beanspruchten nicht den Titel der Heiligkeit in ihren Reihen. Seume hatte auf seinem Spaziergang nach Syrakus im Jahre 1802 gefunden, dass „Demut" von Mut zu dienen käme. Die Christen predigten Demut, waren aber überheblich wie kaum eine andere Vereinigung und verlangten, dass man ihnen in Bescheidenheit diene. Sie selber jedoch gaben vor, den Himmel zu verwalten und dienten so nur sich selber. Waren die Protestanten schon vordringlich, so empfand Wohlgemut die Katholiken als unerträglich. Also beschloss er denn auch bei sich, nicht mehr die Gottesdienste der Römer zu besuchen. Das teilte er den Kutschengästen mit und verschwand für diese bei seinen Eltern. Es gab keine Ermahnungen oder Vorhaltungen, auch die englischen Katholiken sprach oder sah Wohlgemut tatsächlich nicht mehr. Er meinte, den Sturm abgewettert zu haben. Alles, was ihn beunruhigte, war ein wiederkehrender Traum. Er saß darin als kleiner Vogel in einem gut gebauten und schönen Nest, das mit ihm zusammen von einem großen, schwarzen Vogel geraubt wurde, dabei fiel er zu Boden und seine Behausung war verschwunden. Eines Tages ging Wohlgemut durch das Dorf in der Dämmerung. Er hatte eine Bekanntschaft besucht und war auf dem Heimweg im Mondenschein recht vergnügt, indem er vor sich hinträumte. Da traf ich ein Schlag, der ihn zu Boden streckte, als er aufstand, merkte er, dass ihm Blut aus dem Munde lief. Der „Rote Hahn" hatte nicht bewerkstelligt, was dieser Hieb aus dem Dunklen fertig brachte. Es fehlte ein Backenzahn. Die Mutter empfing ihn aufgelöst und schickte nach dem Medicus. Dieser diagnostizierte, was der Verletzte schon selber festgestellt hatte. Bis auf den Verlust war ihm nichts Ernsteres geschehen, nur kauen konnte er in den nächsten Tagen kaum. Als er vor seiner Schüssel mit Haferbrei saß, kam der katholische Pfarrer aus dem Nachbarort mit der Gastfamilie aus der Stadt zu einem unverhofften Besuch. Sie bedauerten ihn alle wegen seines Missgeschickes und empfahlen allerlei Hausmittel zur Kur. Besonders die Seminaristin kümmerte sich seiner sehr und legte sogar selber Hand an, als ein kühlender Verband nach dem Essen angelegt werden sollte. Sie begann von ihrem ersten Gespräch in der Universität zu plaudern, ob er sich noch an den Stoff erinnere, wollte sie wissen. Ihr Vater fiel in die Unterhaltung ein und meinte, unter Katholiken bestünden enge Bande, die auch vor Überfällen wie den auf Wohlgemut schützten. Seine Tochter fügte halb scherzhaft hinzu, dass Wohlgemut dann wohl Katholik werden müsse, wenn er seine Zähne behalten wolle. Endlich stellte ihre Mutter fest, ihre Tochter habe ihr von dem Heiratsangebot an Wohlgemut erzählt und sie könne sich gut einen so tapferen und braven Schwiegersohn wie ihn denken. Zum Abschluss meinte der Bruder: „Nun ja, dann wird wohl bald Hochzeit gefeiert werden können, bei solchen Anlässen hat es schon häufig Konversionen gegeben. Bei meiner Mutter war es nicht anders." Der katholische Pfarrer schwieg zu allem, faltete aber die Hände und legte ein frommes Gesicht an den Tag. Wohlgemut verstand alles in allem nur eine Drohung wie aus einem Munde gesprochen. Er beugte sich dieser, er schickte sich an, ein „Häkchen" zu werden. Dazu erklärte er sich bereit, bei dem Brautvater Unterrichtung in katholischen Sitten und Gebräuchen zu nehmen, bis der Pfarrer in der Nachbargemeinde die Trauung vornehmen könnte. Wohlgemuts Eltern, die zugegen waren, zeigten sich einverstanden. Sie hatten nur eine Bitte, dass die Zeremonie und die Feierlichkeiten in ihrem Haus vorgenommen werden sollten, denn insgeheim widerstrebte es ihnen, ein katholisches Gotteshaus zu betreten. Warum sie so willfährig waren, konnte sich unser werdender Konvertit nicht denken, dafür gedachte er seines Traumes. Jetzt ging ihm sein Sinn auf. Der exkommunizierte Exilant war die Armut in der neuen Heimat nicht gewöhnt. In seinem Ursprungsland hatte er Pfründe und konnte sich weich betten. Das harte Brot eines Übersetzers schmeckte dem klerikalen Gaumen nicht mehr und da hatte er beschlossen, für seine Tochter eine gute Partie auszuheben und sich so anbei selber zu sanieren. Aber war er, Wohlgemut, eine gute Partie? Er hatte nichts außer den Zahlungen der Eltern, die ein kärgliches Auskommen in der Stadt ermöglichten. Sicher, er stand vor der Einstellung beim Staat als Lehrer, aber auch dieses machte nicht reich. Es ging um das schöne und gut gebaute Nest seiner Eltern, in dem er saß, es ging um das ansehnliche Haus, das weder bescheiden noch stattlich war. Sollte er nun aus diesem Nest geworfen werden? Der exkommunizierte Pfarrer sah in seinem schwarzen Rock ganz so aus wie der schwarze Vogel des Traumes und dieser Vogel fing an, ihn aus seinen Angeln zu heben, indem er ihn zur Konversion zwang und seine Tochter aufnötigte.

Der Geheimbund

Zahlreiche Gäste waren in dem Speisesaal erschienen. Es standen vielarmige, silberne Leuchter an der langen Tafel, die mit einem schlichten, weißen Tischtuch bedeckt war. Man war zusammengekommen, um vor den beiden Zeremonien, der Konversion und der Trauung, zu tafeln. Dieses war ungewöhnlich, aber von den Brauteltern gewollt, denn sie meinten, es wäre sonst zu unvermittelt in einem fremden, nichtkirchlichen Hause einen Gottesdienst zu halten. Man wollte aus dieser Besonderheit einen Vorteil ziehen und einen Imbiss reichen, was in einer Kirche so nicht möglich war. Die Geladenen sollten sich ruhig bekannt machen, da sie unterschiedlichen Konfessionen angehörten und sich darob ein wenig fremd waren. Die Braut trug tatsächlich ein weißes Kleid aus Musselin, von dem auch ihr Schal in der Universität gewesen war. Wohlgemut schwitzte in gestärktem Hemd und Kragen. Er blickte nachdenklich auf den Ring mit dem Holzkäfer. Diesen sollte er bald gegen einen katholischen Reif wechseln. Das hieß Abschied nehmen von Wald und Flur und sich dem Kreuz aus totem Holz mit Goldbeschlag und Elfenbein beugen. Aber welche Wahl hatte er gehabt? Er meinte, keine. Er tröstete sich damit, dass die Katholiken Denker wie Aquin hervorgebracht hatten. Doch die Scholastik war ihm immer fremd geblieben, da war er schon eher ein Scholar der Mystik. Jakob Böhme und Meister Eckhardt, das waren Namen, denen er sich anvertrauen mochte, doch Jakob hatte nur das „Schuster bleib bei Deinen Leisten" von den Pfaffen gehört. Wenn er doch auch nur bei seinen Holzkäfern bleiben könnte, dachte er. Die Tischglocke ertönte, und der Vater des Bräutigams schickte sich an, eine Rede zu halten. Wohlgemut hörte seinem Vater nicht zu. Er setzte seine Ohren erst wieder in Position, als der Redner geendigt hatte – und da war es! Es herrschte einen Moment nach dem Vortrag Ruhe im Raum. Nur ein Kratzen war zu hören. Der Brautvater, der zuvor behaglich auf seinem Stuhl mit Samtbezug gekauert hatte, fuhr plötzlich in die Höhe, als hätte er den Leibhaftigen erblickt. Wohlgemut blickte abermals auf den Ring mit dem eingravierten Holzkäfer. Ja, er kannte ihn nur zu gut, ihm hatten sie ihr schönes Haus zu verdanken. Er war ein Teil der Allnatur, welcher er nun abschwören sollte, um einen alten, kränkelnden Mann in Rom zu vergöttern und anzubeten, als wäre er das universale Gewissen der Menschheit, ein Richter über Gut und Böse, der zu diskriminieren verstand zwischen passenden und unpassenden Seelen für das Paradies. Er war es, es gab keinen Zweifel. Wohlgemut hatte ihn an seinem Schaben erkannt. Es war der gemeine Hausbock, den er ausgetrieben zu haben glaubte, indem der Dachstuhl erneuert worden war. Aber irgendwo im Gebälk musste er noch stecken und seiner Metamorphose entgegen gehen, sei es ein alteingesessener oder neu hinzu geflogener Holzkäfer, er hatte Wohlgemut und seinen Ring, in dem er zu sehen war, nicht vergessen an diesem denkwürdigen Tage. Es war, als wollte er gegen den neuen katholischen Herren mit seinem fesselnden Goldreif, den er segnete, damit ihm Steuergelder flössen und Dienste getan würden, protestieren und seine alten Rechte bekunden. Es war immer noch still, und alle Augen richteten sich auf den exkommunizierten Engländer, denn er saß immer noch kerzengerade mit hochrotem Kopf und zitternden Händen an der Hochzeitstafel. Er bemerkte die Aufmerksamkeit, die ihm zu Teil ward und unternahm es darauf, das Haus eiligst zu verlassen, indem er seine Frau und Tochter an die Hand nahm. Der Sohn folgte dem Dreigespann verlegen und murmelte etwas von Abschied und einer Unpässlichkeit. Niemand konnte sich denken, was vorgefallen sein konnte, bis auf Wohlgemut.

Vor Jahren, als der Geflüchtet noch unverheirateter Pfarrer in England gewesen war, hatte er das kratzende und schabende Geräusch schon einmal vernommen. Diese Laute hatten ihm den Dachstuhl seiner schönen Kirche zerstört, und auch das Pfarrhaus war von dieser Musik nicht verschont geblieben, sodass er mit einer Wohnung vorlieb nehmen musste. Diese Bilder hatte er vor Augen, als er neben seiner Tochter als Brautvater saß und das Kratzen und Schaben hörte. Er meinte zu wissen, dass das Haus, in dem viel Holz verarbeitet war, verloren wäre. Sollte er seine einzige Tochter in einen Schuppen ziehen lassen, den diese Tiere vielleicht übrig ließen? Ein Ehepaar aus Schulmeistern könnte so ein Gebäude kaum wieder errichten, mag sein, wenn sie ein ganzes Leben daran arbeiteten und sparten. Dieses Schicksal aber wollte er seiner Tochter vorenthalten wissen. Wohlgemuts Eltern waren keine reichen Leute, und so musste das Haus nach seiner Ansicht dem Untergang entgegen schreiten, von den Käfern auf seinem Weg begleitet. Im

Festsaal herrschte blanke Verwirrung über den Abgang der Geladenen, denn mit den Brauteltern und ihrem Anhang verabschiedeten sich auch deren Glaubensbrüder überhastet. Sie fühlten sich wohl nicht recht behaglich einem Gottesdienst zur Konversion entgegenzusehen, bei dem das Abendmahl in zwei unterschiedlichen Räumen ohne Braut genommen werden sollte, denn ein gemeinsames Abendmahl mit Protestanten war ihnen verboten. So kam es denn, dass nichts aus der Heirat und nichts aus der Konversion wurde. Der Ring mit dem Holzkäfer blieb an seinem Platz, und Wohlgemut dankte dafür, dass der Abgebildete den Bund, den der Ring ausdrückte, gehalten hatte. In den folgenden Tagen lud der Befreite zu einem Freudenkonzert. Die Musikanten des Dorfes ließen nicht lange bitten und spielten im Haus der Eltern unter einer fröhlichen Unterhaltung auf. Dabei erzählte die Mutter von dem Bericht ihres Sohnes über die erneuten Aktivitäten des Holzkäfers im Gebälk und dass ihnen darob eigentlich gar nicht zum Feiern zu Mute sei. Ein alter Zimmermann, der diese Klage hörte, sprach: „Seid nicht verdrießlich, Ihr müsst nur immerzu eifrig musizieren, dann verlässt der Käfer unter Hörnerschall das Haus. Eine Musikantenfamilie, bei der ich jüngst Arbeit hatte, berichtete mir davon. Diese hatten mit ihren Zimbeln den Hausbock ausgetrieben." Als die Mutter dieses hörte, brach sie in schallendes Gelächter aus, denn die Geschichte erschien ihr zu phantastisch. Jedoch bestärkte die Erzählung des Zimmermanns einer der anwesenden Musikanten, sodass sie nicht mehr zweifeln mochte und versprach recht häufig das Klavier des Hauses anzuschlagen, und ihren Mann zu verpflichten, die Violine zu traktieren.

Im Lande Eldorado

Candide hatte das Tal Eldorado erblickt, mit all seinen Schätzen und Reichtümern. Wohlgemut meinte nun auch in diesem Lande angekommen zu sein, denn er verdiente sein erstes eigenes Geld. Er war in der großen Stadt, er war Referendarius für das Lehramt. Der Landarbeiter hatte ihn herzlich in der gemeinsamen Wohnstatt mit dem Rest des Hagebuttentees, den der Vater damals mitbrachte, begrüßt. Er war etwas kränklich geworden, seine durchschossene Schulter machte ihm wieder Sorgen, sodass er etwas weniger arbeiten konnte als zuvor. Um den Mietzins zu begleichen, war ihm die Ankunft des Lehramtskandidaten ganz gelegen, denn nun stand mehr Geld für den Hausstand zur Verfügung. Die Talgkerze brannte auf dem Holztisch, der beständig zu schaukeln drohte, weil sein Untergestell ungleichmäßig gearbeitet war. Besonders stark geriet er ins Schwanken, wenn der Landarbeiter mit seiner Faust auf den Tisch schlug, was zuweilen vorkam, so wie jetzt, als Wohlgemut von seinem ausgeschlagenen Zahn erzählte. Von den Katholiken und Heiratspräliminarien erzählte er nichts, denn es war ihm unangenehm, zugeben zu müssen, dass er sich schon auf den Weg begeben hatte, ein Konvertit zu werden. Diese Verkrümmung wollte er nicht eingestehen und meinte, sie auch gut verbergen zu können, da sie nicht bleibend war. Er fühlte sich „gerade" und war mit seinem Gerichtshof im Reinen. In der Pädagogenausbildung gab es anders als in der Universität männliche und weibliche Ausbilder. Wohlgemut hatte eine Abteilung mit zwei Ausbilderinnen zugeteilt bekommen, allerdings wurde er in Fragen der Philosophie von einem Mann betreut. In den Seminaren waren Lehramtsanwärter und Anwärterinnen durchmischt wie auch schon an der Universität die Lehramtsstudenten.

Die Schulzuteilung war günstig verlaufen. Wohlgemut sollte seinen Unterricht an einer seinem Wohnort nahegelegenen Schule in einem gutbürgerlichen Viertel abhalten. Aber er war dort nicht alleine als Auszubildender. Es begleiteten ihn zwei Damen aus seinem Seminar, die allerdings andere Fächer unterrichteten. Alles war neu und interessant. Der Schulleiter begrüßte ihn prompt mit einem falschen Namen, nämlich mit dem ähnlich klingenden einer seiner Seminarkolleginnen, die ihn in die Schule zur Vorstellung begleitet hatten. Es wurde wiederum viel gefragt. Es wurden dabei Erinnerungen an den Schulbesuch während der praktischen Erprobung im Studium wach. Auch erinnerte er sich des gut informierten Schulleiters mit Rauschebart, der unfehlbar den Katholiken zumindest den Wohnort Wohlgemuts verraten haben musste - wenn es nicht die Universität selber gewesen sein sollte – denn in der Praktikumsphase war dort auch die Seminaristin mit dem Musselin-Schal bei dem Schulleiter vorstellig geworden. Deswegen sprach unser Neuling jetzt so wenig wie möglich und hielt sich in den Grenzen des Nötigsten bezüglich seiner Auskünfte. Neben der Leitung der Schule waren bei der Begrüßung noch zwei weitere Kollegen zugegen, wobei einer von ihnen wiederum den schon bekannten Satz „Wir sind ja schließlich informiert", fallen ließ. Wohlgemut wollte hier nicht all zu viel hineingeheimnissen und überging diesen Ausspruch in seinem Gemüte geflissentlich. Es leuchtete ein warmer Frühjahrstag, für den unser Gast wegen der täuschenden Morgenkühle, während der er aufgestanden war, sich zu warm gekleidet hatte. Es wurde heiß unter seiner Weste und er bekam deswegen einen erröteten Gesichtsausdruck, was die Spektanten zu irrigen Annahmen verleitet haben mochte. Es wurde eine Karaffe mit Wasser gereicht. Nach einem kühlenden Schluck fühlte sich unser Hitzkopf in die neue Wirkungsstätte aufgenommen und verabschiedete sich brav auf die nächste Woche. Dann sollte die eigentliche Schulzeit beginnen. Die beiden Damen taten ein Gleiches, und die Trinität stob in alle zur Verfügung stehenden Himmelsrichtungen auseinander. Allerdings blieb bei Dreien eine von vier Richtungen des Himmels ohne Wanderer. Aber nein, auch im Norden bewegte sich etwas, nur, dass es nicht von der Schule weg, sondern auf sie zu ging. Es war der Buchhändler, der Wohlgemut in der Kutsche mit Leibniz bekannt gemacht hatte. Er wollte in das Gymnasium, um einige seiner Bücher anzubieten. Die beiden Bekannten trafen sich indes nicht, da der eine aus Norden kam, und der andere nach Süden ging. Im Seminar wurde Wohlgemut wiederum, diesmal von der Leiterin, mit dem Namen seiner Kollegin angeredet. Wegen dieses wiederholten Versehens zweier unterschiedlicher Personen, war der Angesprochene etwas verwundert.

Das eigentliche Unterrichten sollte erst nach etwa drei Monaten beginnen, während dieser Zeit waren die Referendare Hospitanten und angeleitet Unterrichtende. Der eigenständige Unterricht sollte folgen. Es war eine anstrengende Zeit mit ständig wechselnden Terminen, und die Tage waren ausgefüllt. Während dieser Wochen und Monate hallte Wohlgemut ein Spruch der Seminarleitung in den Ohren: „Schaff Dir eine Lehrerin an, eine mit der man gut leben kann!" Er wusste nicht so recht, aus welchem Grunde sie dieses gesagt haben mochte. War es ein Scherz, ihr eigener Lebensweg oder ein Programm? Sie war mit einem Lehrer verheiratet und war selber Lehrkraft gewesen, da mochte sie es auf ihren eigenen Lebensweg gedichtet haben und im Scherz erzählen, denn Scherze gab es in den Seminaren öfters. Es wurde aber nicht nur im Seminar gelacht, auch in der Schule. Dort hatte sich der Leiter über Wohlgemuts Namen amüsiert und dabei herzlich gelacht. Über den ausgeschlagenen Zahn lachte allerdings niemand. Jedoch berichtete eine der beiden Referendariatskolleginnen von Wohlgemut, sie habe eine Hyperodontie, also angeborener Maßen zu viele Zähne. Daraus folgerte sie vor versammeltem Kollegium, dass ihre Kinder auch mit diesem Reichtum der Natur bedacht werden würden, und Wohlgemut gar nicht über seinen Verlust bekümmert sein müsse, denn er könne diesen durch Zeugung wieder ausgleichen; hier lachte das Kollegium im Versammlungsraum der Lehrer freundlich und klopfte Wohlgemut auf seine Schulter. Dieser wurde rot, so wie er in der Hafenkneipe bei der Erwähnung der Frauenbefreiung rot geworden war. Ja, in der Schule ging es munter zu, die Verpflegung war gut und reichlich, und des Abends versammelten sich die Mentoren der Referendare dann und wann mit ihren Schützlingen in einem kleinen Gasthaus. Dort floss der Wohlgemut abholde Gerstensaft, aber nicht so reichlich wie in der Schmiede der Jurisprudenz, der schlagenden Verbindung. Wohlgemut hielt sich an Schwarztee, denn einen aus Hagebutten gab es nicht. Auch dieser machte ihn munter und löste ihm die Zunge ihm Zusammenhang mit der privaten Atmosphäre eines kleinen Wirtshauses.

So vergaß er seine Vorsicht gegenüber Befragungen durch Pädagogen. Er erzählte bei dem knisternden Feuer im Kamin einiges aus seinem Dorf und von seiner Familie. Die Mentoren hörten zu und sprachen wenig. Jedoch ließen sie eines Abends verlauten, dass die weiblichen Referendare ja schließlich alle in andere Umstände kommen würden, und sich Wohlgemut als Mann daher gar keine Sorgen um eine Anstellung nach der Ausbildung machen müsse. Dieses berichtete er einem ihm gewogenen Referendariatskollegen, der die Naturwissenschaften traktierte. Dieser riss die Augen weit auf, als wäre er im juristischen Examen und sagte: „Genau dieses, lieber Wohlgemut, haben mir meine Mentoren auch gesagt. Referendarinnen würden alle in andere Umstände kommen, sagten sie." Im Seminar wurden tatsächlich einige Kolleginnen schwanger. Dafür traten dem Kursus neue Referendarinnen hinzu, die ihre Schwangerschaft sowie die frühkindliche Erziehung abgeschlossen hatten. So gab es einen schleichenden Wechsel und einen bleibenden Kern, zu diesem gehörte auch die Kollegin mit der Hyperodontie.

Nun war es so weit, der eigenständige Unterricht sollte beginnen. Aber zuvor ward eine kollektive Reise des Seminars geplant. Es waren die Tage der Pädagogik, welche von den hoheitlichen Stellen der großen Stadt vorgeschrieben wurden. So wie überhaupt die gesamte Ausbildung staatlich reguliert und reglementiert war. Die

Erziehung der Jugend war eine hoheitliche Aufgabe, und die damit Betrauten wurden nach Richtlinien dieser Hoheit ausgebildet und ausgewählt. Die Hoheit in der großen Stadt waren nicht Fürsten, sondern die Bürger selber. Jedoch betrauten sie einen gewählten Bürgermeister, der Minister berief und Gesetze erließ. Darunter gab es die hoheitlichen Ämter für die verschiedenen Bereiche, etwa Justiz, Handel und auch für Schulbildung. So war es der Staat, die große Stadt mit ihren Bürgern, die ihre bürgerlichen Tugenden aufgestellt hatten, die Wohlgemut ausbildeten und vorschrieben, was er zu tun und zu lassen habe. Wohlgemut vertraute auf die Tugenden des Gerichtsplatzes und fügte sich den Anweisungen. Er schnürte sein Bündel und trat die Reise mit seinen Kollegen und der Ausbilderin an. Der korpulente und unbehaarte Leiter der Philosophie hatte die sybillinische und prophetische Äußerung getan, dass bei derartigen Reisen schon der Eheschluss erfolgt sei. Wohlgemut hatte sich gewundert, dass er nicht von einer Trauung gesprochen hatte, denn Eheschluss war der Terminus technicus für die Heirat zwischen unterschiedlichen Konfessionen, etwa zwischen evangelischen und katholischen Christen. Dieser Gedanke weckte in Wohlgemut unangenehme Erinnerungen an die Vorkommnisse in seinem Dorf während der Wartezeit, die erst durch das Eingreifen eines kleinen Tierchens eine glückliche Wendung genommen hatten. Ansonsten wäre er zu einem verkrümmten Häkchen geworden, das wider seiner Natur auf dem Amboss des römischen Meisters Pangloss in die unangenehme Form gebracht worden wäre. Auf der Reise von vier Tagen wurde gemeinsam gelernt, gespielt, gegessen, gebadet und gefeiert. Dabei zeigten sich die Damen den Herren gegenüber recht geneigt. Man fiel sich zuweilen in die Arme, sei es aus Heiterkeit oder anlässlich eines Spieles, das Bezug zu dem schulischen Unterricht haben sollte. So wurden etwa Tänze aufgeführt, bei denen man sich näher kam. Es wurde auch ein Bad in einem Seitenarm, des Flusses, der die große Stadt durchzog, genommen, wobei sich Anlässe für Berührungen fanden. Wohlgemut hielt sich von derartigen Aktivitäten weitgehend fern und beschränkte sich im Wesentlichen auf die Mitarbeit in den Arbeitsphasen, die der Ausbildung zum Pädagogen direkt dienten. Die Seminarleiterin quittierte dieses Verhalten mit einer missmutigen Miene und forderte Wohlgemut persönlich zum Tanz, wobei ihr pas de deux nur von kurzer Dauer war, denn die Seminarleiterin reichte ihren Tänzer unversehens an die Referendarin mit der Hyperodontie weiter. Schon lächelte dem Erstaunten eine Überzahl an Zähnen, die ein „Ja" hauchten, sodass er verlegen zur Seite schaute und darüber aus dem Tanzschritt stolperte, was ihn dem Ende der ungewollten Vorstellung zuführte.

Zu Hause angekommen überdachte er das Erlebte und wunderte sich über das scheinbar sinnlose Treiben auf dieser Reise; dann wunderte er sich wieder nicht, weil das Treiben auf der juristischen Exkursion an den Weiher genauso sinnentleert zu sein schien, wenn man die Trinkgelage und das Baden in Rücksicht stellte. Aber irgendeinen Zweck mussten diese Fahrten doch haben, sollte es hauptsächlich das Vergnügen sein mit belehrenden Worten am Rande? Die Juristen hatten gegessen, gebadet, getrunken und etwas über die Macht der Richter sowie der herrschenden Meinung erfahren. Die Lehramtskandidaten waren sich indessen um die Hälse gefallen bei Spiel und Tanz, wenn man von einiger Methodenlehre absah. Ach ja, und es wurde eine Verlobung bekannt gegeben. Allerdings nicht zwischen zwei Reisenden, sondern zwischen einer Mitreisenden und ihrem Bekannten, der kein Lehrämtler in spe, sondern Bankangestellter war. Die Kollegin aber hielt es für angebracht, in fröhlicher Runde von diesem Ereignis zu berichten. Hierbei legte die Leiterin keinen Missmut an den Tag wie sie es gegenüber Wohlgemut getan hatte. Sie nahm es froh als vorbildliche Lebensführung auf. Mann respektive Frau sei nun einmal jetzt in dem Alter, wo es Familie gründen hieße. Eine Familie wollte Wohlgemut nicht gründen. Er war sich genug und hatte seine Dichter und Philosophen. Dieses war seine Gesellschaft, wozu sich da noch eine angetraute schaffen? Von seinen Mitstreitern waren schon einige in den heiligen Stand der Ehe eingetreten. Die anderen schienen auf der Suche zu sein, denn sie kleideten und frisierten sich adrett, um Artigkeiten gepflegt austauschen zu können. Wenn er es recht überdachte, hatten ihn die ausbildenden Lehrer auch schon darauf mehr oder weniger direkt angesprochen. So gäbe es von jedem Lehrer zwei, oder Vater werden wäre wichtig, oder die Umstände wären unvermeidlich, oder es würden eben alle schwanger, so wie es Wohlgemut und seinem naturwissenschaftlichen Kollegen gesagt worden war. Außerdem würden Eheleute bei der Stellenvergabe bevorzugt. Nein, der Spruch der Seminarleitung mochte wohl nicht rein persönlicher und scherzhafter Natur sein, sondern er war eher programmatisch für die Lehramtsausbildung zu verstehen, „Schaff Dir eine Lehrerin an, eine mit der man gut leben kann."

Sollte er sich nun eine Lehrerin suchen, mit der er gut leben könnte? – Ein Eheschluss, eine Hochzeit zwischen einem Protestanten und einer Katholikin, ja, das sollte es schon einmal geben. Die Referendarin mit der Hyperodontie war katholisch, dieses hatte er auf der Reise während eines Vorstellungsspieles erfahren. Der Ausbilder für Philosophie hatte von einem Eheschluss auf den Tagen der Pädagogik gesprochen. Sollte er erneut vor dem Altar vielzüngiger, alter Männer knien und diese ehren wie einen Gott, weil sie sich heilig und unfehlbar nennen ließen? Er tat diese Grillen ab, denn er mochte nicht glauben, dass die Bürger als Hoheit der großen Stadt ihm mit ihren Tugenden vorschreiben wollten, dass er heiraten und katholisch werden sollte. So legte er sich schlafen. Er träumte, träumte davon, dass er einen anderen Namen hätte, den ähnlich klingenden Namen seiner Kollegin, mit dem er schon zweimal von Vorgesetzten bedacht worden war. In diesem Traum musste er in eine dunkle Höhle, in der es nichts gab, als nur ein Buch. Aber dieses in tausendfacher Ausfertigung. Er begann zu lesen, fand aber immer nur einen einzigen Satz tausendfach auf den tausend Seiten eines der tausend Bücher. Die Bücher waren mal golden, einmal silbern, sie trugen Druckschriften von unterschiedlichsten Typen oder kunstvolle Handschriften wie sie das Mittelalter vor der Einführung der lateinischen Schriftzeichen nicht eigenwilliger hervorgebracht hatte. Es stand dort immer wieder geschrieben: „Bete an!" Unser Träumer wachte am nächsten Morgen auf, als wäre er des Nachts auf ein Rad gebunden gewesen. Er war froh, nicht in einer dunklen Höhle, sondern in seiner Stube zu sein, welche von Sonnenlicht, das auf dem Boden spielte, durchflutet war. „Bete an?" Wen? Er betete zwar zuweilen in der Heimatkirche beim Kirchgang der Familie, aber bisher hatte er noch nichts und niemand angebetet, nur bei den Exorzitien mit dem exkommunizierten Katholiken aus England war er auf die Knie gegangen und hatte ein Holzkreuz angebetet, mit dem Mund, aber nicht mit dem Herzen. Hierfür drohte ihn sein Gewissen vor dem unbekannten Gerichtshof anzuklagen. Er fürchtete den Ausgang und hoffte, dass es nicht zur Verhandlung kommen würde. Dabei hielt er sich immer wieder vor, dass er mit seinen Anstalten noch kein Häkchen geworden wäre, welches sich dem katholischen Netzwerk subordiniert hätte, sondern, dass es nur im Begriffe gewesen war, sich zu krümmen. Diesen Beginn meinte er aufgrund seiner natürlichen Gesundheit und dem Eingreifen der Natur in Gestalt eines Käfers, vermengt mit der Habgier seines Gegenübers, die nicht zu sättigen gewesen war, wieder ungeschehen machen zu können. Er war gerade.

Eine andere seiner Kolleginnen in der Ausbildung, die sich des Angelsächsischen als Unterrichtende befleißigte, stärkte seinen Verdacht, dass Heiraten als ein fester Bestandteil zu der Ausbildung zum Lehrkörper gehöre. Diese ging sogar noch einen Schritt weiter. Sie meinte in Erfahrung gebracht zu haben, dass eine schlichte Heirat nicht ausreiche, es gehörten unbedingt zwei Kinder hinzu. Sie hatte in einem Gespräch mit Wohlgemut von „Bombashing" gesprochen. Dieses war ein englischer Ausdruck für eine Art von Spießrutenlauf oder Steinigung, denn jeder versetzte einer ausgewählten Person einen Stoß oder Tritt, bis diese sich endlich ergab. In dem Falle der Referendarin, gefügig zeige und zwei Kinder in die Welt setzte. Sie war der festen Überzeugung, dass ihre Vorgesetzten Kollegen Kinder von ihr wollten, genau gesprochen, dass sie sich einen Partner suchen möge, um Kinder in die Welt zu setzen. Ihre Ansicht hatte sie in Gesprächen gewonnen, denn dauernd würde sie auf Kinder und Gebären angesprochen. Nach Meinung der Pädagogen hinge ein geglücktes Leben von einer Familiengründung ab. Wohlgemut folgerte, dass dann die Lehrämtler ja recht gescheite Leute wären, denn sie schafften sich mit dieser Einstellung und Vorgehensweise ihr eigenes Arbeitsfeld die Kinder – in der Tat, was wären Lehrer ohne Kinder, sie wären überflüssige Dinge. Das konnten sie nicht akzeptieren, denn sie waren nach ihrem Selbstverständnis schließlich lediglich verhinderte Professoren. Die Erzählung der Referendarin konvenierte zu der Äußerung eines Lehrers, an den Wohlgemut sich jetzt erinnerte: „Es gäbe von jedem zwei", ja, Pädagogen sollten in der Regel mindestens zwei Kinder haben, der philosophische Mentor Wohlgemuts berichtete auch fortwährend von seinen beiden Söhnen und war der Ansicht, dass Lehrerkinder besonders intelligent sein müssten.

Die halbe Prüfung hatte Wohlgemut nun erfolgreich überstanden, jetzt sollte es an die letzte Hälfte gehen. Unser Prüfling hatte in einer Konferenz der Philosophielehrer Platz genommen. Beim Verlassen des Saales flüsterte der Mentor: „Es muss erst gezeugt werden, sonst gibt es eben nichts." Wohlgemut wusste nicht ganz, wer gemeint war und wie es gemeint war. Sokrates hatte sein Philosophieren mit der Kunst einer Hebamme verglichen, die Maieutik. Wahrscheinlich hatte der Mentor ein

Selbstgespräch geführt und verglich sich mit einem Schüler des Sokrates, der eine Kopfgeburt zeugen sollte, damit sie eine geschickte Hebamme auf die Welt bringen könnte. Zeus brachte Pallas Athene, die Göttin der Weisheit, als Kopfgeburt zur Welt, nachdem er Metis, seine Gattin, verspeist hatte. So wird es sein dachte Wohlgemut. In dem letzten Philosophieseminar vor der letzten Prüfung erzählte der Leiter die Geschichte von Natuoka und Natuokus, zwei Kreaturen im Naturzustande, daher die Namen. Dabei rannte Natuokus durch einen Wald und traf Natuoka. Diese erblickend fragte er, ob sie zeugungswillig sei. Die Angesprochene verneinte. Darauf lief Natuokus weiter durch den Wald, bis er eine Natuoka zwei fand. Auch hier stellte er seine Frage. Jetzt wurde sie zustimmend beantwortet, und so entstand ein neuer Erdenbürger. Der Seminarleiter meinte, die Moral von der Geschichte wäre, dass es auf die Arterhaltung ankomme, das wäre das eingentliche Telos der Menschheitsgeschichte, als ginge es nicht um Neigung, denn die Partner wären frei auswechselbar, nur die biologische Funktion zähle. Im Seminar wand sich das Auditorium verlegen auf den Stühlen. Wohlgemut wurde einmal mehr rot und beschloss den Sachverhalt zu übergehen. Allerdings berichtet der Lehramtsphilosoph auch von seinen Bemühungen die Verheiratung unter Zwang und Androhung von Gewalt zu verhindern wie sie unter Bewohnern des orientalischen Viertels öfter vorkam. Dort gab es noch echte Patriarchen. Wohlgemut kannte dieses Gebiet der Stadt durch die Literaten aus seiner Studienzeit und hatte es in unangenehmer Erinnerung. Aber nicht wegen der morgenländischen Bewohnerschaft, sondern wegen des Professoren, der Bauchtanz zum substantiellen Bestandteil seines Literaturseminars gemacht hatte. Wohlgemut überlegte, ob er denn damals frei gewesen wäre, dem Tanze zuzusehen oder nicht, so wie die Ehe frei geschlossen werden sollte, nach den Vorstellungen des Amtsphilosophen. Ihm war das Testat verweigert worden.Der Tag der letzten Prüfung brach an. Die Klasse war ihm gewogen und so fürchtete Wohlgemut nicht all zu sehr um das Ergebnis. Nur sein Gehrock bereitete ihm einiges Kopfzerbrechen, da er die Falten anders warf, als vorgesehen. Der Landarbeiter mochte etwas darauf abgelegt haben, was ihn in diesen Aufruhr versetzt hatte. Nichts desto Trotz beschloss der Kandidat mit dem grauen, verlegten Gehrock in die Schule zur Prüfung zu schreiten. Auf dem bekannten Wege durch enge Gassen und über kleine Plätze schienen ihm Gestalten zu folgen. Aber sobald er sich umdrehte, um sie genauer in Augenschein zu nehmen, waren sie verschwunden. Die letzte Prüfung, sie war eine Fünf – war sie eine Fünf? Wohlgemut meinte nein, 32 Schüler meinten nein, doch die fünf Prüfer meinten fünf. Was war da zu tun, was zu lassen? Es wurde ihm eine Nachprüfung in zwei Monaten angeboten. Wohlgemut lehnte ab, denn er wusste nicht, was er anders, was er besser machen könnte und sollte. Nein, da war nichts zu tun. Der Landarbeiter erbot sich, ihm eine kleine Beschäftigung bei dem Bookinisten, den er neulich wieder getroffen hatte, zu verschaffen. Wohlgemut erbat sich Bedenkzeit und blickte sinnend aus dem Fenster in den Hinterhof auf das gegenüberliegende Haus. Dabei hatte sein Gesicht die graue Farbe des Gehrockes angenommen, da ihm der Weg zum Lehramt verlegt worden war, sodass er das Land Eldorado verlassen musste, in eine karge Welt, mit den altbekannten Brotrinden und Hagebuttentee. Da war doch etwas, ja konnte es denn sein? Es war die Seminaristin mit der Hyperodontie, die ihren Überfluss zu einem Lächeln brachte, oder verzog sie den Reichtum nicht eher zu einem Grinsen? Nein, das konnte nicht sein, diese Nachbarschaft wäre ihm schon früher aufgefallen. Es musste sich um eine ähnlich aussehende Person handeln, schließlich gab es viele Frauen, die ihre Zähne zeigten. So getäuscht wendete sich der verabschiedete Lehramtskandidat seinem bescheidenen Abendmahl zu, das aus Brot mit etwas Käse und einem Becher Milch bestand. Indem er kaute stiegen Bilder von der Prüfungsstunde in ihm auf und es traten die hämisch grinsenden Inquisitoren und Korrektoren vor sein inneres Auge. In diesem Tagtraum legten sie alle eine Spielkarte vor Wohlgemut auf den Tisch. Es waren fünf Karten mit der Farbe Herz und der Zahl Fünf, fünf Herzfünfen lagen vor ihm und alle sagten: „Fünf Wohlgemut!"; unser Tagträumer erwachte jäh, als der Landarbeiter wie damals bei ihrem ersten Zusammentreffen in der Stadt die Hand auf seine Schulter legte.

Exodus

In der großen Stadt und in dem Schulwesen gab es nicht nur Spitzel, sondern auch Häscher. Die Schatten, welche den Prüfling am Unglückstag begleitet hatten, verdichteten sich und umringten den Nichtsahnenden. Wohlgemut empfing am Folgetag einen lila Kuvert mit einem schwarzen Kreuz darauf. Das Herz des Empfängers zog sich unwillkürlich zusammen, da ein Kreuz ein Zeichen nicht nur für Freude sein konnte. Allerdings trug der Umschlag keinen schwarzen Rand, was ihn hoffnungsfroher stimmte. Auffällig war die Farbe. Dieses Geheimnis wurde allerdings gelüftet, als das Siegel in die Augen fiel und betrachtet wurde. Es war die heilige Kurie, die katholische Kirche, welche sich gerne mit Purpur schmückt. Dieses stimmte zu dem schwarzen Kreuz als universelles Zeichen ihrer Institution. Da ihm kein Katholik in der Verwandtschaft bekannt war, schloss er den befürchteten Trauerfall aus. Nun konnte das Schreiben munter gelesen werden:

„Lieber Wohlgemut,

ich habe von Ihrem Missgeschick und Unglück erfahren, aber noch ist Ihr Examen nicht verloren. Die Kirche betreibt Schulen, denen es zur Zeit an guten Lehrern mangelt. Ein mir bekannter Pfarrer lädt Sie zu einer Unterredung. Wenn Sie kommen wollten, wäre auch der Ihnen gewogene Seminarleiter der Philosophieausbildung zugegen. Diese beiden möchten sich für Sie verwenden. Dazu müsste aber der Vorschlag der Prüfungskommission für eine Nachprüfung angenommen werden. Ich bitte Sie, Ihre Entscheidung diesbezüglich nochmals zu überdenken, es hängt viel davon ab. Denken Sie nur an Ihr schönes elterliches Haus wie wollten Sie es in Stand halten und betreiben, wenn es dafür einmal an der Zeit sein sollte? Es wäre sicher auch Ihren beiden Eltern recht, wenn das Examen noch einmal versucht werden würde. Diese haben schließlich viele Mühen auf sich genommen, um Ihnen die Ausbildung zu ermöglichen. Erwägen Sie es in Ihrem Herzen!"

Gezeichnet war das Schriftstück von der katholischen Seminaristin mit dem überreichen Gebiss, welche er jüngst Visavis erblickt zu haben glaubte. Lächelte diese ihm jetzt tatsächlich mit diesem Schreiben? Sollte er auf dem Glücksrad Fortunas noch einmal in die Höhe transportiert werden? Jetzt, da alles verloren zu sein schien. Aber woher wusste die Glücksgöttin mit den überzähligen Zähnen von dem elterlichen Haus, das sie schön und ansehnlich nannte, woher wusste sie überhaupt, dass es ein Haus in der Familie gab, und nicht nur eine Wohnung oder Kate? Es musste richtig sein, die Bediensteten der großen Stadt in Gestalt der Pädagogen und Ausbilder waren über ihn und seine intimeren Verhältnisse informiert. Woher wussten sie es und warum wollten sie es überhaupt wissen? Es konnte ihnen doch einerlei sein, ob ein Studiosus oder Referndarius aus einer Kaufmannsfamilie mit Stadtpalais, einer Arbeiterwohnung, einer Bauernkate oder aber einem ansehnlichen Landhause stammte. Auf die Köpfe und meinetwegen auf die Herzen sollte es ankommen, nicht auf die Behausungen und Geldsäcke, schon gar nicht die der Eltern. So hatte Fortuna sich in eine Furie verwandelt, welche ihn heimsuchte, indem sie seine Lebensverhältnisse entdeckt hatte und diese benutzte, um ihn für sich gefügig zu machen. Ja, er sollte gefügig werden und zu den Katholiken gehen, damit er das schöne Haus wird halten und erhalten können – für andere, so wie er damals zu den Katholiken sollte, allerdings um dem exkommunizierten Pfarrer und seiner Tochter das Haus abzutreten, obwohl er es noch gar nicht besessen hatte, auch jetzt besaß er es nicht und es war fraglich, ob er es jemals besitzen werden wird, zumal er über diese Frage jetzt das erste Mal nachdachte. Über Fragen der Erbschaft hatte er sich zuvor keine Gedanken gemacht, aber katholische Damen stießen ihn diesbezüglich recht unverblümt an. Richtig, auf der Fahrt, den Tagen der Pädagogik, da hatte die Furie ihn auf das schöne Haus auf dem Lande angesprochen und ihm damit einerseits wohl schmeicheln wollen, andererseits brachte sie damit ein Interesse an diesem Objekt zum Ausdruck. Er war dabei eher randständig gewesen. Der letzte Satz des Epistels rief unschöne Bilder an die Prüfung in sein Gedächtnis. Denn es wurde von einem Herzen gesprochen und in dem Tagtraum bescheinigten ihm fünf Herzfünfen eine Fünf, das war nicht angenehm. Hatte die Erscheinung im gegenüberliegenden Hause nicht ein flüchtiges Herz mit ihrer Hand in die Luft gezeichnet? Er wusste es nicht. Aber vielleicht war die Herzfünf so in einem Doppelsinne zu verstehen. Denn in Herzensangelegenheiten hatte er wohl nach Ansicht des Lehramtsausbildungsinstituts versagt. Der von der Seminarleiterin vermittelte Tanz auf den Tagen der Pädagogik war von ihm vertreten worden, sodass es zu keinem Eheschluss gekommen war wie es der Amtsphilosoph, welcher sich herzlich gegen Zwangsehen einsetzte, prophezeit hatte. Konnte es sein, dass hierin sein eigentliches Versagen beschlossen lag und nicht in der Unterrichtsstunde? Ja, er hatte sich den Damen des Seminars und den Katholiken versagt, so wie er dem Bier und Gaststätten entsagte.

Nichts desto Trotz beschloss der Geladene, der auffordernden Bitte zu folgen und den Katholiken zu besuchen. Nicht, um sich einen Vorteil zu verschaffen, sondern um

Gewissheit zu erlangen; Gewissheit über die Pläne und Zusammenhänge, die seine Mitmenschen über ihn zu verfügen begannen. Dass Pfarramt der Katholiken war in einem Außenbezirk der Stadt gelegen. Der Marsch dorthin war lang und führte durch unansehnliche, ärmliche Straßen und Wege mit Lehmbelag. Es begannen auch wieder die Hunde zu bellen wie damals, als er zum ersten Male in die große Stadt Einzug gehalten hatte und sich durch die Vororte quälte. Es waren zerzauste Tiere, denen wohl der Magen knurren mochte, denn die Küchenabfälle, welche sie zur Speise vorgesetzt bekamen, waren nicht reichlich, in dem Maße wie das Mahl der Herren und Meister kärglich war. Hier konnte die Kirche Gutes tun, aber die Menschen wollten es nicht haben, denn man hätte dafür auf die Knie und den Beichtstuhl gehen müssen, das wollte hier im Norden kaum jemand. Desto verwunderlicher war es Wohlgemut, dass in dieser protestantischen Stadt die Kurie einen Einfluss ausüben wollte, um ihm zu helfen. Konnte sie dieses denn überhaupt? Was hatten Kirche und Staat, was Kirche und Lehrerausbildung miteinander gemein? Die Juristen lehrten: Gar nichts! Sicher, es gab konfessionelle Schulen, aber diese wurden von der Öffentlichkeit kaum beachtet, da sie Schulgeld verlangten und das Beten mehr pflegten als das Rechnen. So rechnete Wohlgemut auch nicht mit wirklicher Hilfe, aber worauf er sich einzustellen hatte, konnte er sich ebenfalls nicht denken. Seine Neugierde wuchs mit jedem Schritt, den er auf die Kirche zu tat. Er wollte aber nicht wieder mit einer Krümmung beginnen wie damals unter der Influenz des Exkommunizierten und seiner Tochter. Nein, er wollte bleiben der er war, ein protestantischer Heide mit Hang zur Philosophie.Der Pfarrer in seinem Talar, die Predigt in der Kirche hatte eben erst geendigt, empfing den Ankömmling mit einem freundlichen „Grüß Gott"; es wurde „Einen schönen guten Tag", geantwortet. Tatsächlich war der Amtsphilosoph in seinem roten Wams und den gelben Gamaschen schon anwesend, nur die furiose Fortuna fehlte. „Nein", sagte der Pfarrer, „Ihre Kollegin erscheint nicht zu dieser Unterredung, hatte sie Ihnen diesbezüglich nicht geschrieben?" „Geschrieben wohl, aber nicht ihr Fehlen angekündigt." „Wenn Sie Ihre Kollegin treffen wollten, bräuchten sie hier nur die heilige Messe des Sonntages besuchen, sie ist regelmäßig zugegen.", sagte der Pfarrer. Nachdem einige Freundlichkeiten ausgetauscht worden waren, sprach der Geistliche erneut: „Schon vor einiger Zeit unternahmen Sie, lieber Wohlgemut, eine halbe Konversion. Man sollte aber immer einen ganzen Schritt tun, keinen halben, so kommt man im Leben besser voran." Da war es schon wieder, das Wissen. Unbekannte waren mit seinen Verhältnissen und Eigenheiten vertraut, ohne dass er zuvor mit ihnen darüber gesprochen hätte. Niemals vorher hatte er von diesem Pfarrer gehört, geschweige denn ein Gespräch oder Schriftwechsel mit ihm unternommen. Der Amtsphilosoph schmunzelte und meinte: „Ja, wenn Sie es doch nur noch einmal mit der Examination versuchen wollten. Noch ist es nicht zu spät. Ich sprach mit meinen Kollegen über den Kasus, und diese würden nur zu gerne einer Wiederholung zustimmen, bedenken Sie es wohl!" Er fügte hinzu, dass es nach Kant schließlich nur auf den „Guten Willen" ankäme, und diesen müsse er jetzt zeigen. Aber der „Gute Wille" war das wohlfeilste Ding, was man sich denken konnte. Alle wollten immer nur das „Gute" und dieses eben für sich, weil sie es waren, die wollten. Der Kritikus aus Königsberg erklärte dieses zwar für pathologisch, aber dann müsste die ganze Welt kranken, dachte Wohlgemut. Auch der Einbrecher suche nach der Eudaimonia hatte der Lateinlehrer Wohlgemuts gesagt. Damit wollte er das „Gute", das „Gute" für sich, er hatte einen guten Willen. Bei so einem Verdikt bleibt es nicht aus, dass es zu Kriegen, Intrigen und Empörungen kommt. Seine Ablehnung nach dem Fehlgang vor der Klasse war offenbar nicht ernst genommen worden. Er hatte ausgeschlagen und damit war das Unterfangen eigentlich beendet, beendet für sein Erdendasein; aber jetzt wurde die Tür erneut einen Spalt aufgetan zum Tale Eldorado. Er durfte hoffen, ein leidlich besoldeter Staatsdiener werden zu dürfen, der ein Haus unterhalten und dann und wann eine Fahrt in den Süden wird unternehmen können. Es lachten ihm die Edelsteine, welche Candide auf seiner Irrfahrt gesehen hatte. Er, Wohlgemut, war auch schon im Besitz einiger Splitter durch das Referendariat gewesen. Bis heute Morgen hielt er sich aber noch für einen des Paradieses Verwiesenen. Die fünf Fußtritte der fünf Korrektoren spürte er noch auf seinem intelligiblen Hinterteil. Aber wozu war der Katholik gut? Weshalb konnten die Damen und Herren des staatlichen Lehrerseminars nicht ohne geistlichen Beistand diese Möglichkeit eröffnen? Lag es nur an seiner Widerspenstigkeit oder steckte eine andere Absicht dahinter? Staate und Kirche wären getrennt, so dozierten die Juristen. Die Kirche hätte einen guten Magen, so heißt es. Nun gelüstete es dem katholischen Verdauungsapparat nach Wohlgemut. Nicht das sie Menschenfresser im eigentlichen Sinne gewesen wären, sie waren Menschenfischer, und Fische werden verspeist, so dachte Wohlgemut. Aus diesen Überlegungen heraus füllte er nicht das Antragsformular für die Prüfungswiederholung aus, welches ihm der gutgewillte Amtsphilosoph mit auf den Weg gegeben hatte. Dieser schien sein Vorhaben, einen Eheschluss zu stiften, nach dem Austreten des Tänzers auf den Tagen der Pädagogik wohl noch nicht aufgegeben zu haben. Er glaubte an seine Prophetie und der Pfarrer unterstütze ihn darin, denn Propheten sind selten und da es sich trefflich von ihnen leben lässt, gilt es diese zu fördern, wo man sie findet, das war seines Amtes. Warum sollte Wohlgemut sich zur heiligen Kirche in Rom bekennen, weil sie sich nicht mit einer Krone wie ein Kaiser zufrieden gibt, sondern drei Kronen auf einem Haupt vereint? Das Wesen der Religion war das Religieren, das Zurückbinden, so hatte Wohlgemut schon vor geraumer Zeit gedacht; er sollte jetzt zurückgebunden werden an bewehrte, altüberkommene Denk- oder besser Glaubensmuster. Es sollte nicht allzu viel gedacht werden, es sollte getan werden, was opportun ist, was man gesagt bekommt. Dafür sind Glaubenssätze besser geeignet als gedankliche Gegensätze. Sein Philosophieren in der Schule, wo der ideologische Nachwuchs für den bürgerlichen Stadtstaat aufgeforstet und großgezogen wurde, sollte nicht allzu frei und natürlich werden. Nein, nicht die Natur, nicht der Holzkäfer war das Prinzip mit dem sich ganze Völkerschaften Jahrtausende beherrschen und an ihre Beherrscher zurückbinden ließen, dieses hatte nur die Kurie vermocht – die Natur mit ihren Rechten, die natürlichen Rechte, brachten nur Aufruhr wie in Amerika oder Frankreich, wo die Herrschenden gestürzt worden waren. Die Kaiser und Könige hatten gewechselt und sich vernichtet. Dynastien waren aufgestiegen und untergegangen, aber die Päpste repräsentierten das „semper idem". So repressierten und religierten sie mit der von ihnen verkörperten Religion, die sie unfehlbar auslegten und verkündeten, die Natur und den Menschen, der ein Stück von der Allnatur sein sollte. Dieser Meister des Beherrschens und Subordinierens wollten sich die Verwaltenden, die Regierenden der großen Stadt im Norden bedienen. Sie bedurften der ewigen Stadt im Süden. So bekamen sie Untertanen Bürger, die funktionierten, arbeiteten, kauften, sich neu schufen und ohne zu klagen dahinschieden, auch für ihre prächtige Stadt, in der sie das Sagen hätten, so wurde ihnen beigebracht. Also hofften sie, dass der Stadtstaat mit seinen Bürgern mit Hilfe der klerikalen Indoktrineure so ewig würde wie Rom im Süden. Von diesem Bündnis wollte sich der Gescheiterte mit dem Holzkäfer im Ring und dem Rauschen der Baumwipfel im Ohr nicht zermalmen lassen. So zog er sich in seine Wohnung zurück und sprach nur wenig.Ja, Philosophen waren mitunter gefährliche Leute, so schien es, aber sie lebten mitunter auch gefährlich. Dieser Gefahr hatte er die kirchliche Inversion zu danken. Philosophie durfte nicht ursprünglich und frei gelehrt werden, jedenfalls nicht von freien Geistern. Diesen musste unbedingt ein Herr gegeben werden, der ihnen ihre Gedanken vorgab, damit sie die Jugend nicht verwirrten und ungefügig machten. Schon Sokrates war wegen Asebie, Gottlosigkeit und Verhetzung der Jugend, angeklagt und getötet worden. Damit anderen Philosophen oder deren Schülern nicht das gleiche passiere, musste ihnen ein Gott gegeben werden. In Wohlgemuts Falle reichte der evangelische Gott des Protestantismus offenbar nicht aus. Er bedurfte, so hatte man über ihn befunden, des strengeren Gottes der Katholiken. Er sollte dem Dogmatismus in reinster Form huldigen und nicht dem Götzen Vernunft dienen, die sich selber Gesetz und Untersuchungsfeld gab. Zumal der Lehrer Wohlgemut nicht dadurch auffiel, den Linkshegelianern und dem aufkommenden Sozialismus zuzuneigen. Er hatte wie zum Trotz den ländlichen Geruch des Feudalismus an sich. Dieser Geist war zu knechten. Die Freiheit in der Stadt der freien Bürger war nicht so weit gefasst wie es die Juristen gelehrt hatten. Die Bürger gaben vor, sich im Gesetz des Grundsatzes nach den Tugenden zu richten. Keine Norm schrieb den Katholizismus als ordnendes Staatsprinzip vor. Glauben und Gewissen wären frei, so wie jeder frei wäre, die Ehe einzugehen oder nicht, auch wenn er gedachte in den Staatsdienst einzutreten. Auch die Lehrer in der Lateinschule, die Wohlgemut unterrichtet hatten, sprachen nicht von einer Pflicht die Ehe einzugehen, wenn einer ihren Beruf ergreifen wollte. Vielmehr redeten sie beständig von Menschenrechten und Menschenwürde, die Freiheit garantierten und diese wäre zu verteidigen. Aber die Gesetze der Rechtsgelehrten, zu denen die Menschenrechte vermittels der zu Grunde liegenden Tugenden gehörten, schienen hier nicht zu gelten. Sie waren außer Kraft gesetzt, Gesetz war der Wink der Seminarleitung und die Andeutungen der Lehrerkollegen. Ein Hauch ein Befehl. Davon war auf der Sommerfrische mit den Juristen nicht gesprochen worden, aber vielleicht hatte Wohlgemut nur nicht richtig zugehört, weil er einmal mehr dem Quaken der Kröten im Teich gelauscht hatte. So war sein Rauswurf bei den Gerechten vielleicht doch rechtens gewesen und er wäre nicht geeignet für die Jurisprudenz, weil ihm wesentliche Grundsätze und Zusammenhänge nicht eingängig gemacht werden konnten. Die Lehramtsausbildung, sie war staatlich, war der Beweis, und der Staat ist selbstredend an seine Gesetze gebunden. Der Grundsatz der Gesetzmäßigkeit staatlichen Handelns, diesen hatte Wohlgemut von seinen Studien noch im Sinn. Hier konnte der Staat mit seinen Bediensteten nicht fehlen, so wie der Papst und die heilige Kirche nicht in Fragen des Glaubens fehlen konnten. Damit hatten sie auch die unfehlbar richtige Philosophie, denn mit Augustin und Aquin gaben sie die Antworten auf alles philosophische Fragen. So verleibten sie sich die antiken Vorläufer ein, denn Augustin und Aquin fußten auf ihnen. So gab es Philosophen eigentlich nur noch als Christen, denn das gesamte Heidentum diente nur Christus und erkannte diesen damit als Herren.

Aber wenn er es ernsthaft bei sich erwog, war die Lehramtsausbildung doch ganz an den Grundsätzen der Rechtsgelehrten und damit der Rechtsordnung orientiert. Hier wie dort ging es um die Meinung. Die Meinung der Herrschenden. Nur, dass bei den Juristen andere herrschten als bei den Pädagogen. Dort waren es Richter, Rechtsprofessoren und einflussreiche Politiker, die von finanzstarken Gesellschaftsgruppen getragen wurden. Dort war es das Amt für Schule und die Seminarleitun gen. War es bei den Juristen nicht eigentlich um die Gesetze gegangen, so musste es dieses auch nicht bei den Staatspädagogen. Die Juristen hatten Wohlgemut gelehrt, dass es kein Gesinnungsstrafrecht gäbe, er hatte aber erfahren, dass es Gesinnungsnoten gab, denn die Gesinnung wurde sowohl bei den Juristen in Gestalt der Meinungsfrage, welche die „Gretchenfrage" war, als auch bei den Pädagogen in Gestalt des Linkshegelianismus und der Einstellung zur Familiengründung, belohnt oder mit schlechten Zensuren quittiert. Es ging also vielmehr um das Gutdünken der Vorgesetzten, nicht um Gesetz und Tugend. So hatte alles seine Ordnung, denn der Staat verstieß weder als Rechtsapparat noch als Lehramtsausbilder gegen seine Prinzipien – Nur Wohlgemut hatte dieses erst heute begriffen, obschon es die Juristen versucht hatten ihm beizubringen. Es war so wie ein Advokat es in Praxi während des Studiums von Erfahrung gezeichnet bemerkt hatte. Das Gesetz, die Normen als generell, abstrakte Regelungen mit Außenwirkung, wirkten ihrer Natur gemäß nur äußerlich. Der Anwalt hatte von Kulissen in Bezug auf die Normen gesprochen, die je nach Bedarf und Interesse, die dahinter stünden, verschoben werden könnten. Recht, das wäre nach seiner Auffassung Kulissenschieberei. Dahinter blühte die reinste Willkür. Dieses hatte Wohlgemut nun einmal mehr erfahren. Aber erst jetzt wurde es ihm bewusst und gewärtig. Die Kulissen, die Gesetze, waren der äußere Schein. Das

„Innen", welches bestimmend ist, war das Dafürhalten der Subjekte, der Machthaber in dem jeweiligen Bereich, seien es nun Doktorväter, Richter, Rechtsgelehrte oder Schulämter. So standen sich Objektivität und Subjektivität gegenüber, wobei die Aufgabe des Objektiven war, den subjektiven Willen, der im Einzelfall vom Wollenden wohl auch stets für „gut" gehalten wurde, zu verbergen und ihm den Anschein der Gesetzmäßigkeit zu geben.

Aber waren alle Philosophielehrer katholisch? Nein! Wie dieses, dachte Wohlgemut. Ein Beruf war eine Nische, so hatte er es für richtig befunden. Er meinte damals für die Lehrernische eine passende Disposition zu haben. Woran war er gescheitert? An einer Herzensangelegenheit, die ihn der römischen Kirche zuführen sollte. Wenn Berufe Nischen waren, und die Ausbildungen dazu eine Einformung, ein Modellieren der Persönlichkeit, so gab es für jede Person, die einen Beruf wollte, eine Individualnische. Von dem Gedanken, dass in einer Ausbildung für alle die gleichen, objektiven Maßstäbe herrschten, verabschiedete sich Wohlgemut. Daher mussten Informationen über jeden Bewerber zusammengetragen werden, damit die Nische den speziellen persönlichen Eigenheiten des Auszubildenden von den Ausbildern angepasst werden konnte. So war es verständlich, dass die Ämter und Ausbilder über Wohlgemut Kenntnisse hatten. Sie wussten von seinem heidnischen Hang zur Natur und von dem stattlichen elterlichen Haus auf dem Lande. Da war es verstehbar, dass versucht wurde, ihn unter die strenge Zucht der Katholiken zu bringen, damit er nicht wahres Heidentum und Naturphilosophie unter die Jugend bringen konnte. Dass es ein Haus in der Familie gab, war den Pfaffen nur willkommen, da so der Reichtum ihres Instituts über einen Eheschluss und eine zu erwartende Erbschaft vergrößert werden konnte. Sie fischten nicht nur nach Menschen, auch nach Gütern, obwohl sie das Himmelreich und Entsagung von irdischem Tand predigen. Die anderen Philosophielehrer waren nicht so gefährlich frei gesonnen wie Wohlgemut. Sie hingen von sich aus vielleicht schon der Religion an. Da reichte der schlichte Protestantismus. Oder sie gingen zur „Henkelkirche" wie sie es scherzhaft benannten, gemeint war damit ein Gaststättenbesuch, etwa im „Roten Hahn". Als echte Linkshegelianer waren sie im Seminar wohl gelitten und genossen sogar einige Vorrechte. Die anderen mochten von Haus aus auch aus ärmeren Familien stammen, da waren sie nicht so attraktiv für materielle Heiratsspekulationen. Sie mussten Häuser erst erwerben und bezahlen. Wohlgemut, so meinten sie wohl, ohne dass es dafür Gewissheit gäbe, würde ein wertvolles Haus erhalten und hätte seine Lehrergroschen frei für Luxus oder gar eine zweite Unterkunft. Nein, ein Lehrer ein Haus, das war das Maximum, was der Staat als Dienstherr seinen Bediensteten erlaubte. Das Salär der Staatsdiener sollte für eine bescheidene Unterkunft und eine zu schaffende Familie verwendet werden, nicht für Überfluss. Wie sollte sich ein Professor oder Handelsherr noch von einem Lehrämtler unterscheiden können, wenn dieser zwei Häuser hätte und dazu noch in jungen Jahren? Dieses würde nur Unfrieden in das Kollegium bringen, denn was würden die altgedienten Pädagogen sagen, die es nach mühevollen Jahren endlich geschafft hatten ein bescheidenes Haus den Banken abzukaufen? Sie hatten erst der Finanzwirtschaft zu dienen. Diese würden sich von einem nach ihrer Ansicht vermögenden Stutzer lächerlich gemacht fühlen. So begutachtete man sich auch misstrauisch im Lehrerkollegium, auf dass der Nächste, den man als guter Christ liebte wie sich selber, nicht mehr bekäme als man selbst, denn nach christlicher Lehre ginge eher ein Kamel durch ein Nadelöhr, als dass ein Reicher in den Himmel käme, und den Himmel wollte niemand seinem alter ego verschließen. So durfte auch Wohlgemut nicht zu viel bekommen, eher weniger als die Übrigen, damit er nicht dem Satan anheimfiele, denn er hatte eine üppige Jugend gehabt, so meinte man; einer seiner Mentoren hatte zur Warnung schon das Teufelsbannerzeichen über ihm mit den Armen geschlagen. Schulmeister musste der Lehrling als recht janusköpfige Gestalten erleben, wenn er sie mit seiner Zeit als Schüler verglich. So sollte er denn das Haus, welches er noch gar nicht besaß, an die Katholiken abgeben. Eine gewisse Gleichheit der Habe war auch ein

Gedanke der Linkshegelianer und der neu aufkommenden Sozialisten. Diesen Anschauungen huldigte das Lehramtsseminar von dem tiefen Willen nach Gerechtigkeit durchdrungen. „Krieg den Palästen und Friede den Hütten", dieses hatte Wohlgemut während seines schöngeistigen Studiums assimiliert, nun wurde ihm der Krieg erklärt, obwohl er von keinem Palast, außer dem Justizpalast, den er nicht besaß, wusste. Ein größeres Haus oder gar zwei Ländereien, das stand nur höheren Herren zu, als sie in der Lehrerschaft nach landläufiger Meinung zu finden waren. Das gehörte auch zu dem allgemeinen Charakter der Berufsnische für Lehrer. Eine Wohnung oder ein kleines Häuschen und die Fahrt in den Süden, aber erst nach langer, harter Arbeit, nicht gleich von Beginn an, dieses stand einem Beamten zu. Deswegen sollte und musste Wohlgemuts „Reichtum" unter Katholiken und einer Frau verteilt werden, bevor er ihn überhaupt in Händen hatte. Aber in einem waren Lehramtsanwärter alle gleich, sie setzten früher oder später Kinder in die Welt, da man selbst nicht taugte, musste Neues geschaffen werden, so gingen sie die Ehe ein. So baute sich der Staat von innen auf. Schon Aristoteles nahm die einzelnen Haushalte mit ihren innewohnenden Familien als Keimzelle oder atomarer Bausteine für die Polis, den Stadtstaat, an. Wer dem Staate dienen will, der muss ihm Kinder schenken!

Wohlgemuts Lehrernische war zusätzlich so geformt, dass er auf die Knie gehen, anbeten und katholisch heiraten sollte. Jetzt wusste er, was ein Beruf und einer für ihn wäre. Aber er konnte und wollte nicht in diese Formung passen. Sein Innerstes sträubte sich dagegen, sodass er nicht einmal nicht wollte, sondern lediglich nicht konnte. Alles andere hätte eine Selbstauflösung bedeutet, so als wolle man ihm den Kopf nach hinten drehen und damit solle er nun straff nach vorne marschieren. Nein, sein innerer Gerichtshof, sein Gewissen verboten ihm, sich einzunischen. „Gnoti se auton" stand über dem Eingang des Orakels von Delphi, „Erkenne Dich selber", ja, er hatte sich ex negativo ein Stück weit erkannt. Er wusste, was er nicht war und dass er in keine der vorgezeichneten Berufsnischen passte. Das war er nicht, was die staatlichen Bildhauer an den Universitäten und Ämtern für Schule und Beruf vorgegeben hatten. Er beschloss bei sich, dass er etwas sui generis sei und dieses wollte er auch bleiben. Er hatte gelernt und erfahren, was ein Beruf ist, er war ausgezogen einen zu erlernen, aber es gelang ihm nicht, einen zu erlangen, so war er an seinem Ziel und war es nicht. Der Landarbeiter wurde der Zurückgezogenheit seines Mitbewohners gewärtig und lud den jüngst angetroffenen Bookinisten zur Unterhaltung in die gemeinsame Wohnung ein. Wohlgemut erinnerte sich an den Reisegefährten und der vermittelten Bekanntschaft Leibnizens. Es half nichts, die Trübsal blieb. So beschloss er denn eines Morgens, wieder einmal den Markt zu besuchen, zu sehen, ob er nicht einige Feldfrüchte aus der Heimat dort entdecken könnte. Er trat aus der Wohnung in das knarrende Treppenhaus; es dämmerte gerade denn früh am Tage waren die Stände noch gut gefüllt mit Auslagen, am hohen Tage wäre bestimmt nichts aus der Heimat mehr zu finden, und so war er früh den wärmenden Federn entkrochen. Doch da waren sie wieder. Die Schatten, welche ihn neulich zu seiner letzten Prüfung begleitet zu haben schienen, tauchten erneut auf. Dieses Mal waren sie nicht so flüchtig. Sie verdichteten sich und umringten ihn auf einem einsamen Platz. „Wirst Du wohl auf die Knie gehen!", schrie ihn einer an. Ein anderer: „Du weißt, wo es in den Beichtsuhl und zur heiligen Messe geht!" Ein Dritter: „Auch wir wollen einmal in so einem schönen Hause feiern!" Der Vierte schlug Wohlgemut mit der Faust, die Übrigen taten ihm nach, zum Abschied gaben sie ihm Tritte und ließen ein Papier auf den am Boden Liegenden fallen. Flüchtend riefen sie noch: „Beeile Dich, sonst holen wir Dich, mit dem Stock versohlen wir Dich!" Der Benommene nahm den Zettel und las. Es war ein Anmeldeformular für die Nachprüfung bei den Pädagogen. Er war im Laufe seiner Ausbildungszeit schon zweimal geschlagen worden, jetzt beim dritten Mal wollte er nicht nachgeben. Im „Roten Hahn" war er vor einer Schlägerei zurückgewichen, in seinem Dorfe traf ihn der Hieb unverhofft aus dem Dunklen, sodass er sich nicht wehren konnte. Allerdings hatte er diesem Druck nachgegeben und hatte Anstalten zur Konversion unternommen. Dieses war ihm nicht gut bekommen, da er nicht mit sich selber übereingestimmt hatte, sein Gewissen war wider ihn gewesen. Nichtübereinstimmung mit sich selber sei nach Schillers Wallenstein das wahre Verbrechen, recht hatte er, befand der Gepeinigte. Mit Goethe gesprochen hieße das: „Geprägte Form, die lebend sich entwickelt." Dieses gab zwar Freiraum, aber setzte auch Grenzen. Ansonsten würde eine andere Münze mit anderer Prägung geschlagen, und zu Falschgeld wollte Wohlgemut nicht werden. Er wollte bei sich bleiben, etwas sui generis sein und nicht zu einem universellen Häkchen im katholischen Netzwerk werden. So entschlossen setzte er seinen Weg zum Marktplatz fort und kaufte einige Feldfrüchte. Dem Landarbeiter erzählte er nichts von der Unerfreulichkeit, er wollte den Fall ganz alleine lösen. Er musste ja auch nichts weiter tun, als nichts zu tun. Er wollte nicht zu der heiligen Messe und keinen Antrag auf Wiederholung bei den Pädagogen stellen. So wartete er denn ab, was passieren würde. Die Stunden und Tage gingen dahin, der Gang vor die Tür und auf die Straße wurde so selten unternommen wie möglich. Er überlegte, ob Hesiod nicht mit der Behauptung recht habe, dass alles Übel in der Welt durch die Frauen in diese gekomen sei, denn sie stammten alle samt von der Übelsbringerin Pandora ab.

Schön gestaltet, aber von Übel durchwaltet. So vererbe sich das Schlechte von der Stammmutter abwärts bis in das letzte Glied. Die Zeit verstrich indes. Es passierte nichts und der Termin für die letzte Wiederholungsmöglichkeit des Examens ging vorüber. So war Wohlgemut endlich frei, frei von seinen Ausbildern und den klerikalen Geistern, die er nicht gerufen hatte. Aber es war ihm nicht ganz wohl zu Mute. Es konnte nicht so bleiben wie es war, denn es war nicht gut und richtig. So fasste Wohlgemut erneut einen Entschluss. In einer dunklen Nacht, bei Schwarzmond, sah man drei Riesen im Scheine der Laternen an den Hauswänden endlanghuschen. Sie eilten dem großen zentralen Platz, dem Gerichtsplatz mit den Allegorien der bürgerlichen Tugenden, zu. Dort angekommen verwandelten sich die Riesen in ganz normale Menschen. Sie hatten ihre Vorschlaghämmer, die sie geschultert hatten, zu Boden gelegt und besprachen sich. Im Lichte der Laternen waren die drei Gestalten mit den über die Schultern hochaufragenden Hämmern im Schattenreich, bedingt durch das Laternenlicht und die Hauswände, auf die ihre Schatten gefallen waren, zu imaginären Riesengestalten geworden. Jetzt, ohne Hammer und Licht, sah man drei Menschen sich schemenhaft im Dunklen abzeichnen. Es waren der Bookinist, der Landarbeiter und Wohlgemut. Sie hatten für sich beschlossen, dass die große und bedeutende Stadt der fünf bürgerlichen Tugenden nicht wert wäre. Wohlgemut hatte seinem philosophischen Drange gemäß nach dem „Dahinter" der Dinge geforscht und war dabei darauf gestoßen, dass hinter den steinernen Figuren Eigennutz und Willkür standen. So herrschten diese in der Stadt, und nicht die dargestellten Tugenden. Diese waren nur Blendwerk, das „Davor". Die trügende Fassade wollten sie nun gemeinsam einreißen, auf dass das wahre Antlitz zu Tage trete, und niemand mehr getäuscht würde. Das von dem „Davor" verdeckte „Dahinter" hatten alle drei leidvoll erfahren. Von Wohlgemut ist's bekannt. Dem Landarbeiter wurde jede Arbeit verwehrt, weil sich seine durchschossene Schulter verschlechtert hatte, sodass er ohne Wohlgemuts Hilfe, der bald auch nichts mehr hatte, fürchten musste, zu den Bettlern in den Hauseingangsnischen, die Wohlgemut bei seinem Einzug in die Stadt kaum bemerkt hatte, zu gehören. Dem Bookinisten hatte man sein Geschäft geschlossen und die Bücher beschlagnahmt, weil er reaktionäres und feudales Gedankengut unter die Leute brächte, was in einer Stadt mit freien Bürgern nichts zu suchen hätte. Die Schule, auf die er zugegangen war, als Wohlgemut und seine beiden Mitstreiterinnen diese verlassen hatten, denunzierte ihn bei dem Amte, welches für den Schutz der grundsätzlichen Rechte und Konstitution der Stadt zuständig war. Auf seinen „Erlösungsreisen" über die Schlösser und Güter hatte er Bücher vor dem Untergang gerettet, die man hier in der Stadt nicht haben wollte und lieber vernichtet gesehen hätte. Derartige Schriften sah man als staatsgefährdend an, da das hohe Lied der Jahrhunderte alten Ordnung gesungen würde, die man gerade erst hier in dieser Stadt überwunden zu haben glaubte. Nein, die alten Zöpfe sollten und mussten abgeschnitten werden, dieses hatte der Bookinist zu spüren bekommen. So waren die Drei einig, hatten den Mut nicht sinken lassen und schlugen mit ihren Vorschlaghämmern am langen Stiele auf die fünf Statuen munter ein, bis nur noch deren Postamente übrig waren. Nach diesem Vorfall konnte nichts mehr über diese Trinität in Erfahrung gebracht werden, diese Schicksalsgenossen waren und blieben verschollen, auch der entsetzte Magistrat der Stadt vermochte nicht, ihrer habhaft zu werden.

Gestern, morgen, heute

Auf Wohlgemuts Zeiten und die große Stadt wird ein Staat folgen, in dem es eiserne Kreuze für das zur Welt bringen von Kindern geben wird. Es werden auch Fahrten unternommen werden, deren Zweck es ist, dem Staate neue Untertanen zu schenken, die für ihn in den Krieg ziehen. In dem sogenannten Lebensborn, dem Brunnen des Lebens, werden Kinder vom Jenseits in das Diesseits gezwungen werden, damit weiterhin „Herren" auf dieser Welt lebten. Darauf wird ein Land folgen, in dem Wohnungen durch „Abkindern", mit dem Generieren von Kindern, bei dem Staat bezahlt werden können. In anderen bedeutenden Ländern wiederum wird bestraft werden, wer sich über das erlaubte Maß vervielfacht. Aber hier wie da herrscht keine Freiheit und es herrschen keine bürgerlichen Tugenden. Herrschen sie hier und jetzt? Jetzt ist eine Zeit angekommen, da man die Nischen Wohlgemuts Berufsbilder nennt. Jedoch es klingt das alte Lied, welches auch schon unser Protagonist in verklausulierter Form zu Gehör bekommen hatte: „Wes Brot ich esse, des Lied ich singe!" Diese Weise ist älter als Wohlgemut und wird uns alle überdauern. So mancher biss sich schon die Zähne an dieser Speise aus oder bekam einen schweren Magen davon. Auch die Winke und Andeutungen sind heute wie damals ganz ähnliche und haben oft mehr Bedeutung als ein gedrucktes Gesetzbuch. Ein Pastor sagte einmal: „Maul halten, dann gibt's Geld!"

Was immer er damit gemeint haben mag, möge sich ein jeder selber denken. Es ist nur gut, dass Wohlgemut diesen Ausspruch nicht gehört hat und nicht wusste, was folgen wird, denn dann hätte er völlig den Glauben an die Gerechtigkeit und die Freiheit verloren, den er sich doch bewahrt hatte, denn sonst hätte er mit seinen Gefährten nicht die steinernen Tugenden zerstört, sondern gäbe resigniert den Dingen ihren Lauf, ohne jedes Aufbegehren, das einen Änderungswillen und eine Anklage beinhaltet. Diese hält immerhin für möglich, dass sich ein Richter finden wird, der die Verhältnisse ordnet. Wenn sich auch kein äußeres Gericht mit dem Sachverhalt befassen mag,

so gibt es doch das innere Gericht, welches Wohlgemut-
von so mancher Verfehlung abgehalten hatte. Dieses Gericht trägt nicht nur Wohlgemut in sich. Es gibt den inneren Gerichtshof Kants, dieses hatte Wohlgemut gefunden. Man konnte ihn auch Daimon oder Daimonion, das
Göttliche wie Sokrates sagt, nennen; oder aber vom inneren Fünklein, wie es die Mystiker beim Augenschließen
durch den innerwärts gerichteten Blick erfahren, sprechen. Mit diesem muss man übereinstimmen, wenn man
nicht zum Verbrecher an sich selber werden wollte. Nur
die Frage, ob der Gerichtshof in ihm, in den Menschen,
oder außerhalb, als ein die Sphäre durchflutendes Prinzip
herrschte, dieses wusste er nicht. So sollte aber die Hoffnung, die in der Büchse der Pandora zurück blieb, nachdem ihr alles Unheil entwichen war, doch noch dem Be-
hältnis entsteigen können und Einzug in die Welt halten,
einerlei ob am Menschen gebunden oder frei existierend.
So wäre das Allgeschenk der Götter, die Pandora, doch
nicht nur Übelsbringerin für diese Welt, sondern hätte
auch ein transzendierendes Element, welches über das
Ungemach hinauswiese. So hätte der Mensch Anteil am
Göttlichen, so wie er Anteil am Gewissen, vielleicht dem
Weltgewissen hat. Was bleibt, ist Hoffnung, nicht das
Übel. Das Gericht ist um und in uns, oder wie Kant es
sagt: „ Der gestirnte Himmel über mir, und das morali-
sche Gesetz in mir." Blicken wir also getrost in die Ster-
ne.